Coleção Vasto Mundo

Contos Populares
de Portugal

José Viale Moutinho

Contos Populares de Portugal

José Viale Moutinho

1ª edição
São Paulo/2012

Editora Aquariana

Copyright © Editora Aquariana Ltda.

Revisão: Antonieta Canelas
Capa: Niky Venâncio
Editoração eletrônica: Samuel de Jesus Leal

Direção da Coleção Vasto Mundo: Antonio Daniel Abreu

CIP – Brasil – Catalogação na Fonte
Sindicato Nacional dos Editores de Livros, RJ

R639

Moutinho, José Viale
    Contos Populares de Portugal / José Viale Moutinho. 1ed. São Paulo : Aquariana, 2012.
    176p. (Coleção Vasto Mundo)

    ISBN: 978-85-7217-153-3

    1. Antologias (Conto português). I. Moutinho, José Viale. II. Título. III. Série.

12-5311.	CDD: 869.899697
	CDU: 821.151.3(63)-1(083)
18.06.12 23.06.12	010893

ESTA OBRA NÃO PODE SER COMERCIALIZADA EM PORTUGAL

Direitos reservados:
EDITORA AQUARIANA LTDA.
Rua Lacedemônia, 87, S/L – Jd. Brasil
04634-020 - São Paulo - SP
Tel.: (11) 5031.1500 / Fax: 5031.3462
vendas@aquariana.com.br
www.aquariana.com.br

Sumário

Era uma vez..., 11

A aranha, 17

A Bela e a cobra, 21

A boneca de pau, 25

A enfiada de mentiras, 33

A esperteza da raposa, 35

A gaita milagrosa, 39

A herança paterna, 41

A madastra, 45

A princesa que adivinha, 49

A rainha invejosa, 53

A torre da Babilônia, 59

A Velha e os Lobos, 63

A velha espertalhona, 65

A velha fadada, 69

As irmãs gagas, 73

As macacas, 75

Dom Caio, 79

Duas pessoas casadas, 81

Frei João Sem-Cuidados, 83

História de João Grilo, 85

História do João Soldado, 89

O caldo de pedra, 101

O cego e o mealheiro, 103

O devedor que se fingiu morto, 105

O galo e a raposa, 107

O gigante, 109

O Grão de Milho, 113

O guardador de porcos, 117

O João tolo, 119

O mais claro do mundo, 121

O Manuel Vaz, 123

O moleiro, 129

O pássaro Chica-Amorica, 131

O príncipe com orelhas de burro, 135

O rei e o conde, 139

O sabor dos sabores, 141

O sapateiro pobre, 143

O surrão, 145

O urso, 149

Os corcundas, 151

Os dez anõezinhos da Tia Verde-Água, 153

Os dois compadres, 155

Os fradinhos pregadores, 161

Os três cães, 163

Para quem canta o cuco?, 169

Um porco roubado, 171

Era uma vez...

Pois assim ouvi começar a contar muitas destas histórias à lareira, palavras iluminadas pelas chamas. Minha avó sabia pôr os condimentos que nos levavam ao medo e à ternura, às lágrimas e ao entusiasmo. Recordo-me da grande lareira na casa dos meus avós paternos em Almendra, na Região Demarcada do Douro, onde se faz o Vinho do Porto. Meu avô também escutava, mas não se lhe arrancava uma palavra, porém bailava-lhe no rosto uma expressão irônica, que me ajudava a ser um ouvinte atento e crítico! Nesse tempo, queria lá saber da definição enciclopédica de conto popular! Gostava era de escutar um conto e, na primeira ocasião, recontá-lo acrescentando-lhe o ponto da minha lavra a que tinha – e todos temos – direito!

Estes contos não são para serem escritos, isto é bem verdade. Escrevê-los é um registro episódico. Ai de quem os voltar a escrever igual! Estes contos são para serem contados de boca a orelhas. Hoje em dia, à falta de avós sabedoras em carne e osso, contamos com avozinhas de papel impresso! Desapareceu mesmo a imagem da velhotinha simpática de cabelo branco com as suas agulhas de tricô. Hoje é bem outra a imagem tipo da avó, e não se coaduna com a contadora de histórias de príncipes-sapos ou rainhas-más!

O conto popular pertence ao campo da Literatura Popular. O grande etnólogo português M. Viegas Guerreiro escreveu que Literatura Popular é "a que corre entre o povo, a que ele entende e de que gosta". Parece um tanto distorcido chamarmos literatura a uma expressão que é mais para ser ouvida do que lida, mas o uso capião aqui parece contar. É que os Românticos, decerto receosos do desaparecimento destes tesouros da Cultura Popular, fixaram-nos e publicaram-nos em livros. E logo depois também os Positivistas. A Noite Elétrica deu-lhes razão imediata a nível de maiores centros populacionais. Além dos contos, há adivinhas – no conto *À lareira*[1], de Trindade Coelho, temos uma narrativa exemplar de uma velada familiar com adivinhas –, provérbios, romances, teatro popular – o filme *Ato da Primavera*, de Manuel de Oliveira, é um excelente exemplo –, fórmulas supersticiosas, etc. –, com registros em livros antológicos para adultos e para crianças, de muito boa leitura.

Na sua essência, o conto popular reduz-se a "uma curta narrativa com fundo humano de universalidade, a transmitir-se de uns para outros povos, constituindo este fundo o que poderíamos chamar de seu esqueleto; mas, por outro lado, revela-se-nos igualmente influenciado, em diversa graduação, seguindo os casos, pelo que poderíamos chamar de colorido local, que não é mais do que

---

1. *Os meus amores*.

foram recolhidas as diferentes variantes ou versões de cada conto"[2].

É curioso que na literatura erudita vamos encontrar algumas interessantes glosas de contos populares. O maior festival deste tipo estará decerto em *As Aventuras Maravilhosas de João sem Medo*, de José Gomes Ferreira, mas também as temos em Trindade Coelho, António Sérgio, Eça de Queirós, Alexandre Herculano, Jaime Cortesão e Papiniano Carlos, para não ir mais além. Obviamente, do contado ao lido desaparece a mímica do contador e surgem as letras...

Ora aí aparecem as rainhas más que acabam castigadas, bruxas e feiticeiros tenebrosos, rapazes ladinos que enriquecem, tolos que casam com princesas, feias que se tornam lindas, príncipes-sapos que viram esbeltos moços, cavalos e bois que falam, castigos sobrenaturais e outras andanças do destino mágico! Com estes ingredientes os povos desenvolvem a sua imaginação e divertem as suas comunidades alimentando-lhes os sonhos... e os pesadelos!

Porém, não se iludam com os nacionalismos destas tradições! Em 1859, Theodoro Benfey, em 1859, num estudo sobre o *Panchatantra*, demonstrou que uma boa parte dos contos populares europeus tinha como origem comum a Índia e a Pérsia trazidos por caminhos que Baruch Espinosa indica como conhecidos e desconhecidos!

E se começamos por E*ra uma vez...*, terminemos com a fórmula bem portuguesa de *Vitória! Vitória! Acabou-se a história!*

Funchal, Dezembro de 2011.
J. V. M.

---
[2]. Loís Carré Alvarellos, *Contos Populares da Galiza*, 1968.

*Para a Fedra e a Abigail,
queridas amigas desde os tempos
em que os caminhos do mundo
eram calcorreados por frades pregadores
da paz entre povos!*

Sursum corda!

A aranha

Era uma vez um rapaz, e o pai e a mãe queriam que ele aprendesse um ofício. Ele não teve outro remédio, e aprendeu o ofício de sapateiro.

Assim que o pai morreu, o rapaz não quis trabalhar mais e a mãe zangou-se muito com ele e pô-lo fora de casa.

O rapaz disse à mãe que havia de voltar dali a um ano, muito rico, e a primeira mulher que encontrasse havia de casar com ela.

Depois levou uma caixa com duas ferramentas de sapateiro e foi-se embora.

Caminhou muitas léguas por dentro de matos e vendo uma laje sentou-se em cima dela, e tirou um pão da caixa começando a comer.

Então, debaixo da laje saiu uma grande aranha e o rapaz, mal a viu, disse-lhe:

– Anda cá, hás-de ser minha mulher.

A aranha meteu-se dentro da caixa mas ele fez um buraco no pão que levava e disse-lhe que se metesse dentro.

Foi andando, andando, e avistou ao longe uma casa velha.

Entrou, pôs a caixa no chão e a aranha saiu e foi trepando pela parede acima.

Foi ter ao teto da casa e principiou a fazer uma teia.

O rapaz voltou-se para ela e disse-lhe:

– Assim é que eu gosto, de ver mulheres trabalhadeiras.

A aranha não lhe respondeu nada.

O rapaz foi procurar trabalho a uma aldeia próxima.

Como lá não havia sapateiro, estimaram muito e deram-lhe o que fazer.

O rapaz como viu que ia tendo fortuna, arranjou uma criada para servir a sua senhora, e trouxe-a para a casa velha, onde estava a aranha.

Trouxe também um fogareiro e alguma louça para fazer o jantar.

A criada estava muito admirada e a aranha disse-lhe que abrisse uma porta que ali estava e fosse à capoeira matar uma galinha e que num armário encontraria tudo o necessário para preparar.

Quando o rapaz chegou de fora, viu a casa varrida e um jantar com tudo o que era bom.

Voltou-se para a aranha e disse-lhe:

– Boa escolha tive na minha mulher!

A aranha começou a fazer bordados.

No fim de viverem um ano, o rapaz já estava muito rico e não precisava de trabalhar no ofício, porque lhe aparecia sempre tudo quanto era preciso.

Disse então que queria ir à sua terra, que tinha ficado de visitar a mãe ao fim de um ano.

Mandou aparelhar dois cavalos e disse para a criada:
– Tu vais fazer as vezes de minha mulher, pois vou dizer a minha mãe que sou casado.

A criada ficou satisfeita, montou a cavalo e foi com ele.

A aranha desceu do teto e foi à capoeira e viu só um galo. Montou-se nele e foi andando atrás dos dois cavaleiros.

Chegando ao mato, aonde estava a laje, pararam os cavaleiros e começaram a olhar para o chão.

O galo principiou a dizer:

Qui, quiri, qui,
Qui, quiri, quinha!
Ele é rei
Eu sou a rainha.

Nisto abriu-se a laje e surgiu um rico palácio.

A aranha tornou-se uma formosa princesa, e casou com o rapaz, que ficou sendo rei e ela rainha.

Depois mandou vir a mãe do sapateiro e a criada ficou sendo aia.

A Bela e a cobra

Era uma vez um rei que tinha três filhas, uma das quais era muito formosa e ao mesmo tempo dotada de boas qualidades. Chamava-se Bela. O rei tinha sido muito rico, mas, por causa de um naufrágio, ficara completamente pobre.

Um dia foi fazer uma viagem. Antes perguntou às filhas o que queriam que lhes trouxesse.

– Eu – disse a mais velha – quero um vestido e um chapéu de seda.

– Eu – disse a do meio – quero um guarda-sol de cetim.

– E tu o que queres? – perguntou ele à mais nova.

– Uma rosa tão linda como eu – respondeu ela.

– Pois sim – disse ele.

E partiu.

Passado algum tempo, trouxe as prendas de suas filhas. E disse à mais nova:

– Pega lá esta linda rosa. Bem cara me ficou ela!

Bela ficou muito preocupada e perguntou ao pai porque é que lhe tinha dito aquilo. Ele, a princípio, não lho queria dizer, mas ela tanta insistência fez que ele lhe respondeu que no jardim onde tinha colhido aquela rosa encontrara uma cobra, que lhe perguntou para quem ela era. Respondeu-lhe que para a sua filha mais nova e ela disse que lha havia de levar, senão que era morto.

Consolou-o a menina:

– Meu pai, não tenha pena, que eu vou.

Assim foi. Logo que ela entrou naquele palácio, ficou admirada de ver tudo tão asseado, mas ia com muito medo. O pai esteve lá um pouco de tempo e depois foi-se embora. Bela, quando ficou só, dirigiu-se a uma sala e viu a cobra. Ia deitar-se quando começaram a ajudá-la a despir. Estava ela na cama quando sentiu uma coisa fria. Deu um grito e disse-lhe uma voz:

– Não tenhas medo.

Em seguida foi ver o que era e apareceu-lhe a cobra. A menina, a princípio, assustou-se, mas depois começou a afagá-la. Ao outro dia de manhã apareceu-lhe a mesa posta com o almoço. Ao jantar viu pôr a mesa, mas não lobrigou ninguém. À noite foi deitar-se e encontrou a mesma cobra. Assim viveu durante muito tempo, até que um dia foi visitar o pai. Mas quando ia a sair ouviu uma voz que lhe disse:

– Não te demores mais de três dias, senão morrerás.

Lá seguiu o seu caminho, já esquecida do que a voz lhe tinha dito. E chegou a casa do pai. Iam a passar os três dias quando se lembrou que tinha de voltar. Despediu-se de toda a sua família e partiu a galope. Chegou já à noite e foi deitar-se, como de costume, mas já não sentiu a cobra. Cheia de tristeza, levantou-se pela manhã muito cedo, foi procurá-la no jardim e qual não foi a sua admiração ao vê--la no fundo dum poço! Ela começou a afagá-lo, chorando, e caiu-lhe uma lágrima no peito da cobra. Assim que a lágrima lhe tocou, a cobra transformou-se num príncipe, que ao mesmo tempo lhe disse:

– Só tu, minha donzela, me podias salvar! Estou aqui há uns poucos de anos e, se não chorasses sobre o meu peito, ainda aqui estaria cem anos mais!

O príncipe gostou tanto dela que casaram e lá viveram durante muitos anos.

A boneca de pau

Havia um rei e uma rainha que tinham uma filha muito boa, mas muito feia. Os pais envergonhavam-se de a levar aos bailes e a princesa vexava-se de se apresentar em público.

Em certo dia, foi o rei convidado com a sua família a assistir a um baile oferecido pelo rei vizinho, em honra dos anos do príncipe seu filho. Não aceitar o convite seria uma grave desconsideração e por isso o rei e a família viram-se forçados a ir ao baile.

Quando o rei e a rainha fizeram a apresentação de sua filha, ninguém houve que não mordesse os lábios para reprimir uma gargalhada. Os enfeites e os vestidos de gala tornavam a princesa ainda mais hedionda.

Ora o príncipe, que fazia anos, era um formoso mancebo. As princesas convidadas a assistir ao baile, tornavam-se extremamente amáveis no intuito de captar um sorriso do príncipe. A nossa princesa, porém apesar da muita simpatia para com o príncipe, nem ousou para ele levantar os olhos.

Dançaram toda a noite, com exceção da princesa feia, que só dançou com seu pai uma vez. Despediram-se ao romper do sol, protestando a princesa, no íntimo da sua alma, não mais voltar a um baile.

Adoeceu a rainha, e antes de morrer, mas nos últimos momentos, chamou para junto de si a filha e disse-lhe:

– Guarda esta varinha de condão, e quando precisares de alguma coisa, vale-te dela.

Depois chamou o marido e a este disse na presença da filha:

– Se um dia resolveres voltar a casar, experimenta primeiro colocar na cabeça da tua noiva este lenço, e só com ela casarás se o lenço lhe ficar bem.

O rei recebeu da mão da rainha o lenço e prometeu sob juramento casar somente com a pessoa a quem o lenço ficasse bem.

Morreu a rainha e meses depois tentou o rei arranjar esposa, mas de tantas que escolhia a nenhuma o lenço ficava bem. Começou o rei a andar triste. Perguntou-lhe a filha o motivo da sua tristeza e o rei respondeu:

– Não encontro princesa em quem fique bem o lenço. Deixo de pensar em noiva – concluiu o rei angustiado – e por isso guarda o lenço que de nada me pode servir.

A filha aceitou o lenço, pô-lo na cabeça e ficou logo transformada numa lindíssima jovem: era um verdadeiro encanto. O rei notou esta transformação e disse para a filha:

– Casarás comigo.

Não ousou a princesa repelir a proposta do pai, mas respondeu que casaria se lhe comprasse três prendas: um vestido de seda da cor do mar e de todos os peixes para o vestir no dia do casamento, de manhã; outro da cor da terra e de todas as flores para o vestir no dia do casamento, ao meio-dia; e outro da cor do céu, do sol, da lua e das estrelas para ir à igreja casar.

O rei prometeu comprar os três vestidos e resolveu viajar pelo estrangeiro, onde encontrasse essas sedas que no seu reino não havia.

Passado tempo, voltou o rei com os três vestidos, cada um dos quais era um verdadeiro primor. Gostou muito a princesa dos vestidos e o rei começou a tratar dos preparativos do casamento.

Sem o rei saber, mandou a princesa chamar um artista de carpintaria e perguntou-lhe se podia em curto prazo fazer uma boneca de madeira, onde ela coubesse com os seus vestidos e mais roupa, boneca esta que devia adaptar-se perfeitamente ao seu corpo por forma que fingisse um fato completo. O carpinteiro comprometeu-se a fazer a obra, obrigando-se a guardar segredo sob pena de morte.

Apresentou o artista a boneca feita e pronta. A madeira era tão bem preparada, que a boneca se acomodava completamente ao corpo da princesa, acompanhando-a em todos os movimentos, como se a matéria-prima gozasse de grande elasticidade. Gratificou ela o trabalho do artista, meteu-se dentro da boneca e fugiu do palácio, dirigindo-se para o palácio do rei vizinho, onde se ofereceu como criada. É evidente que a cara da princesa estava encoberta pela cara de pau.

— Queres servir? — perguntou a rainha.

A criada respondeu parvamente.

— Coitadinha! É idiota. Mandem-na para o quintal, onde há uma casinha de onde pode vigiar as galinhas.

E assim sucedeu. Foi a *cara de pau*, nome que as criadas lhe aplicaram, recolhida na casinha, que existia no quintal do palácio.

Algum tempo depois começou a falar-se numa grande festa em próxima ermida, festa de que o príncipe era juiz. Toda a fidalguia se preparava para a festa, e os criados do rei não cessavam de falar nela. A *cara de pau* chegou ao pé da rainha e pediu-lhe licença para ir ver a festa.

— Vai, sim — respondeu a rir — e podes ir todos os dias, se quiseres.

A festa durou três dias. No primeiro dia, saiu *cara de pau* e foi para o campo pôr-se à sombra duma árvore. Às horas, destinadas, tirou a varinha de condão e disse:

— Varinha de condão, pelo poder que Deus te deu, apresenta-me aqui um coche, onde possa ser transportada com o meu vestido da cor do mar e de todos os peixes.

De repente apareceu um riquíssimo coche, onde ela entrou maravilhosamente vestida. Rei, rainha e príncipe ficaram encantados da formosura e da riqueza da desconhecida. Toda a gente tinha nela os olhos fixos.

O príncipe desceu do seu lugar e foi oferecer o braço à desconhecida, colocando-a ao lado de sua mãe. Conversou o príncipe com a desconhecida durante a festa, e ofereceu-lhe um anel. Perguntou-lhe finalmente como se chamava, e a dama respondeu:

– Amanhã lhe responderei. Espero voltar.

No dia seguinte foi o príncipe mais cedo para a capela.

A *cara de pau*, à sombra da árvore, esperou a melhor ocasião de se apresentar.

– Varinha de condão, pelo poder que Deus te deu, apresenta-me aqui um coche, mais rico do que o de ontem, onde possa ir à festa com o meu vestido da cor do campo e de todas as flores.

Apresentou-se um coche muito mais rico do que o do dia anterior, onde a princesa embarcou e se dirigiu para a capela.

Logo o príncipe lhe foi oferecer o braço e colocá-la ao lado da rainha. Se da primeira vez se apresentou formosa e rica, muito mais desta vez. O príncipe ofereceu-lhe a corrente do seu relógio e perguntou-lhe como se chamava. A dama respondeu:

– Amanhã lho direi.

No terceiro e último dia apresentou-se a dama com um vestido da cor do céu, do sol, da lua e das estrelas, que a todos encantou. Parecia um anjo em seu trono de safiras.

Ofereceu-lhe o príncipe o seu relógio e perguntou-lhe como se chamava e ela respondeu:

– Logo lho digo.

Não se atrevia o príncipe a afastar-se do lado da princesa, mas como o rei o chamasse, a dama aproveitou a ocasião e desapareceu.

Quando o príncipe voltou e não viu a desconhecida ficou muito triste, a tristeza foi tal que no dia seguinte se não levantou da cama. Foram chamados os médicos do palácio que se confessaram impotentes para debelar o mal do príncipe.

O rei instava com o filho que tomasse os caldos, a rainha não se tirava do pé do leito do enfermo e pedia-lhe de mãos postas que comesse. Porém, o príncipe parecia estranho a tudo que o rodeava, pensando constantemente na desconhecida.

Numa tarde entrou a *cara de pau* na cozinha e disse:

– Sei fazer uns bolinhos com farinha, ovos e açúcar que devem fazer muito bem ao príncipe.

– Cala-te, parva, não podes negar que és idiota – responderam-lhe as criadas.

Entrou a rainha, a quem a *cara de pau* repetiu que sabia fazer uns bolos com açúcar, ovos e farinha que deviam fazer bem ao príncipe.

– Vai fazer os bolos – disse a rainha, mandando entregar à parva o que era preciso.

A parva saiu e voltou, passado tempo, com três bolos.

– Olhe, senhora rainha, cheiram muito bem. A rainha pegou nos bolos e foi insistir com o filho para que os provasse.

– Não posso, minha mãe.

– Experimenta, ao menos, filho!

O príncipe partiu um bolo e sentou-se imediatamente na cama com os olhos espantados.

– Quem trouxe estes bolos minha mãe? Dentro vejo o anel, a corrente e o relógio que ofereci à desconhecida.

– Olha, filho, foi a *cara de pau* que trouxe os bolos.

– Mande-a chamar. Apareceu *cara de pau*.
– Quem te deu estes bolos? Conheces quem os fez?
– Conheço.
– Quem é? Onde está?
– Aqui – respondeu a *cara de pau,* dando um solavanco na vestidura e mostrando-se cheia de beleza e de formosura.

O príncipe deu um grito e foi cair aos pés da princesa.

No dia seguinte houve grandes festas: casou o príncipe com a princesa. Houve muitos filhos deste casamento. e todos foram muito felizes.

A enfiada de mentiras

Era uma vez um homem, que não pôde pagar a renda ao fidalgo de quem era caseiro, e foi-lhe pedir perdoança. O fidalgo pensou que ele estava era a mentir, e disse-lhe:

– Só te perdoo as medidas da renda se me disseres uma mentira do tamanho de hoje e amanhã.

Foi-se o lavrador para casa e contou a coisa à mulher, sem saberem como se haviam de arranjar com o senhorio, que os podia pôr no olho da rua. Um filho tolo, que tinha, disse-lhe:

– Ó meu pai deixe-me ir ter com o fidalgo. que eu hei-de arranjar a coisa de modo a que ele não tenha remédio senão dar o perdão das medidas:

– Mas tu não atas coisa com coisa.

– Por isso mesmo.

Foi o tolo e pediu para falar ao fidalgo, dizendo que vinha ali pagar a renda. O fidalgo mandou-o entrar e ele então contou:

– Saberá vossa senhoria, que a anesa foi má, mas isso não vem ao acaso; meu pai tinha tantos cortiços de abelhas que não lhe dava com a conta; pôs-se a contar as abelhas e acertou de lhe faltar uma; botou o machado às costas e foi procurar a abelha; achou-a pousada na carucha duma amieira; vai ele cortou a amieira para caçar a abelha, que por sinal vinha tão carregadinha de mel, que ele crescou-a, e não tendo em que guardar o mel meteu a mão no seio e tirou dois piolhos e fez da dele dois odres que encheu, mas quando vinha a entrar em casa uma galinha comeu-lhe a abelha; atirou à galinha com o machado para a matar, mas o machado perdeu-se entre as penas; chegou o fogo às penas, e depois que elas arderam é que achou o olho do machado; dali foi ao ferreiro para lho arranjar, e o ferreiro fez-lhe um anzol, com que foi ao rio apanhar peixes, e saiu-lhe uma albarda, tornou a deitar o anzol e apanhou um burro morto há três dias que pestanejava; botou-se a cavalo nele e foi ao ferrador para lhe dar uma mezinha, e ele deu-lhe o remédio de sumo de fava seca, mas nisto caiu-lhe um bocado num ouvido, onde lhe nasceu tamanho faval, que tem dado favas e comido favas, que ainda trago quinze carros delas para pagar a renda a vossa senhoria.

O fidalgo, já enfadado com tanta mentira, disse:

– Ó rapaz tu mentes com quantos dentes tens na boca.

– Pois, senhor, está paga a nossa renda.

E estava mesmo.

A esperteza da raposa

Uma vez, a cegonha foi ter com a raposa e disse-lhe com toda a gentileza que a sua gravidade permitia:

– Comadre raposa, venho aqui convidá-la porque tenho lá em casa umas papas de milho para a merenda. Como gosta muito dessa comida, não me esqueci de a convidar!

Como gulosa, a raposa respondeu:

– Ó comadre cegonha, da melhor vontade a acompanho e agradeço tanta delicadeza.

Dirigiram-se as duas a casa da cegonha, que já tinha deitado numa almotolia o precioso manjar. Metia o comprido bico e comia à vontade, enquanto a pobre raposa apenas podia lamber do chão o que a cegonha deixava cair.

Estava furiosa a raposinha, mas não confessou o seu desprazer, agradecendo até à comadre cegonha a sua amabilidade, com muitas vênias da cauda e sorrisos amarelos. No entanto, lá no seu íntimo jurava vingar-se. Passados dias, foi a casa da cegonha dizendo:

– Bons dias, comadre! Então como tem passado! Venho aqui convidá-la para jantar hoje comigo.

– Pois não, comadre raposa, da melhor vontade!

Foram as duas para uma laje, onde a raposa deitou uma grande quantidade de papas. Ora ela tinha boa língua lambia tudo, enquanto a triste cegonha, com a ponta do bico, mal lhe tomava o cheiro. Fugiu envergonhada, reconhecendo que a raposa era mais fina.

Esta tanto comeu, tanto comeu, que de farta se deixou adormecer. Passou ali um sardinheiro que andava com um burro carregado a vender sardinha pelas aldeias e, vendo a raposa, imaginou-a morta. Lembrou-se logo de a levar para ganhar algum dinheiro, mostrando-a aos donos das galinhas. A finória acordou, mas, achando-se bem, continuou a fingir-se morta, comendo a sua sardinha de quando em quando, para abrir o apetite. O homem puxava pela corda do burro, e de vez em quando ouvia:

– Raposinha gaiteira, farta de papas, vai à cavaleira!

Olhava para trás e não via ninguém. Admirava-se, mas nem por sombras se lembrava de poder ser a raposa, que julgava morta e bem morta. Mais adiante soava outra vez:

– Raposinha gaiteira, farta de papas, vai à cavaleira!

Assim foi todo o caminho, até que, chegando a uma casa onde o homem ia fazer negócio, ela saltou de cima do burro e fugiu.

Bem gritou o homenzinho que estava desgraçado, que a patifa lhe tinha comido as sardinhas, mas a bela da raposa onde estaria já! Foi atrás dela pelos campos fora até que se cansou. A raposa, que esperava isto mesmo, andou até encontrar o lobo, que lhe disse:

– Olá, comadre raposa, vens a fugir?

– Ai, amigo lobo, tudo por tua causa! Venho aqui morta de cansaço para te prevenir que uns homens muito maus te querem matar, É preciso fugir!

– Então, fujamos depressa!

– Pois sim, mas tu hás-de levar-me às costas, porque eu estou estafada por tua causa.

O lobo pegou nela ao colo e partiram.

Chegaram ao rio e disse a raposa:

– Ai, compadre lobo, que não podemos atravessar! Tens de beber a água toda. Não há remédio!

O brutinho bebeu tudo e depois – imaginem! – não se podia mexer. Foram andando até encontrarem uma eira, onde um rancho de homens andava a malhar. Mal viram o lobo e a raposa, fizeram grande alarido e ela disse:

– Olha, compadre lobo, são aqueles os homens que te querem matar. Lança-lhes o rio!

O lobo assim fez, mas os homens vieram de lá com os manguais e, como ele não podia correr por estar muito cheio, deram-lhe pancadaria basta.

Entretanto, a raposa punha-se ao largo, rindo a bom rir, quer do sardinheiro, quer do compadre lobo.

A gaita milagrosa

Havia numa terra um indivíduo que possuía uma gaita que tinha a virtude de fazer bailar os ouvintes quando tocava. De uma ocasião passava um sujeito com um jumento carregado de louça e o dono da gaita pôs-se a tocá-la.

Tanto o dono do jumento como este puseram-se a bailar, e com tantos saltos, que em pouco tempo toda a louça se fez em cacos.

Gritava o dono da louça ao tocador da gaita que não tocasse, mas este só tirou a gaita dos lábios, quando não havia uma só peça de louça inteira, Exasperado, o pobre homem foi queixar-se ao juiz do tocador, e este chamado à sua presença.

– És acusado de ter quebrado a louça deste homem – disse o juiz ao gaiteiro.

– Eu não sou culpado. Toquei a minha gaita e esse senhor e o jumento puseram-se a dançar.

– Tens contigo a gaita?

– Tenho.

– Toca – ordenou o juiz, sentado na sua poltrona.

O gaiteiro tirou a gaita do bolso e pôs-se a tocar. O dono da louça que a esse tempo estava encostado a uma cadeira, pegou na cadeira e desatou a bailar com esta.

O juiz, que ia tomar uma pitada de rapé da sua caixa de ébano, começou a pular, batendo com os dedos na tampa à maneira de castanholas.

A mãe do juiz que estava entrevada na cama no quarto próximo levantou-se imediatamente bailando, batendo as palmas e cantando:

Vá de folia
Vá de folia
Que há sete anos
Me não mexia

e assim converteu o escritório do juiz numa animada sala de baile, pois que até as cadeiras, os tinteiros e todos os mais móveis se puseram a saltar e a bailar.

Passados alguns momentos, pediu o juiz ao tocador que cessasse de tocar a gaita, e o homem obedeceu imediatamente, pois viu que tanto o dono da louça como o juiz e a mãe suavam com abundância.

Depois do juiz limpar o suor, disse para o tocador:
– Pode ir-se embora sem culpa nem pena, porque é um homem bom que até curou a minha mãe, que há muitos anos se não podia mexer na cama.

E o tocador saiu da presença do juiz muito contente e satisfeito.

Não diz a história se a mãe do juiz voltou para a cama...

A herança paterna

Era uma vez um pai que tinha dois filhos, dos quais o mais novo lhe disse:

– Meu pai, dê-me a minha tença, que eu quero ir correr terras a ver se junto fortuna.

Então o pai deu-lhe o que lhe pertencia da parte da mãe e ele partiu para longes terras.

Passaram-se alguns tempos e o rapaz, vendo que não juntava fortuna, antes ia gastando a sua tença, resolveu voltar à casa paterna. Chegado à sua terra natal, soube logo que seu pai havia falecido e seu irmão transformara a casa num palácio, onde vivia regaladamente. Então o rapaz foi ter com o irmão, contou-lhe a sua vida e ele respondeu:

– Eu nada te posso fazer, pois nosso pai nada me deixou e para ti ficou essa caixa velha, recomendando-me que a não abrisse.

Recebeu o rapaz a herança paterna e partiu para outras terras. No caminho desejou ver o que continha a caixa e abriu-a. Eis que lhe sai de dentro um pretinho muito pequenino que lhe diz:

– Mande, senhor!

– Mando que me apresentes um palácio com tudo quanto lhe é dado, carruagens e lacaios para me servirem.

Dito e feito – tudo apareceu como ele desejava. Vivia o rapaz muito feliz no seu palácio, que era muito mais belo que o do rei, quando um dia recebeu a notícia de que o seu irmão o ia visitar. Foi o irmão recebido ali com grandes festas e ele então perguntou-lhe como é que em tão pouco tempo tinha arranjado tanta coisa.

– Foi a herança que me deixou o nosso pai.

– Mas – retrucou o irmão – a tua herança foi uma caixa velha!

– Foi o que tu dizes, na verdade. Mas dentro dessa caixa é que estava o segredo.

Então o irmão tratou de lhe roubar a caixa e, sem que ele desse por isso, saiu do palácio. Chegado à sua terra, abriu a caixa e logo o pretinho disse:

– Mande, senhor!

– Mando que meu irmão fique sem o seu palácio e apareça metido numa prisão e que o meu palácio se transforme num mil vezes melhor do que era o dele.

Tudo assim se fez e ele disse mais ao pretinho:

– Ordeno que faças com que a filha do conde de tal case comigo e que eu fique com o título de conde.

Cumpriu-se tudo quanto ele desejava, e para não lhe roubarem a caixa trazia-a sempre consigo e dormia com ela debaixo da cabeça.

Ora o irmão que estava preso tinha um cão e um gato, e estes, logo que souberam que o seu dono estava na cadeia, trataram de lá ir ter com ele. Uma vez chegados, tomaram conhecimento de que o conde, irmão do seu dono, lhe tinha roubado a caixa e cuidaram ambos de ir ao palácio dele para a trazer. Para esse fim fizeram um batel de casca de abóbora, pois tinham de atravessar o mar.

Chegados ao palácio do conde, disseram-lhe logo que ele dormia com a caixa debaixo da cabeça. Então, o cão disse ao gato:

– Eu meto-me debaixo da cama e tu vais à cozinha molhar o rabo no vinagre e chegas com ele ao nariz do conde. Enquanto ele espirra, eu tiro a caixa e depois fugimos com ela!

Assim fizeram, e logo se acharam fora do palácio. Embarcaram no batel e foram navegando. Em determinada altura avistaram um navio de ratos, que logo içou bandeiras de guerra. Mas eles, que iam em paz, não fizeram mal aos ratos e contaram-lhes o motivo que ali os levava. Então os ratos disseram:

– Se formos precisos, ao vosso serviço estamos!

– Obrigado – responderam o cão e o gato.

Quando já estavam quase no termo da viagem, tiveram uma grande questão por causa de decidirem qual havia de levar a caixa ao dono. Neste dize-tu-direi-eu, deixaram cair a caixa ao mar. Então, o cão, aflito, exclamou:

– Valha-me aqui o rei dos peixes!

E logo apareceu um grande peixe, que lhe perguntou:

– Aqui estou; que me queres?

– Eu vinha em viagem mais o gato e trazíamos uma caixa que nos caiu ao mar. Só Vossa Majestade nos pode valer.

– Eu não sei disso, mas vou chamar os meus vassalos, pois talvez eles saibam.

Então vieram muitos peixes e uma lagosta, que trazia uma perna quebrada. Esta informou:

– Eu vi essa caixa. Por sinal, caiu-me em cima de uma perna e partiu-ma.

O rei dos peixes ordenou-lhe que a fosse buscar e deu-a ao cão. Este e o gato, depois de mil agradecimentos, partiram para a prisão do seu dono, resolvendo entrar ambos com a caixa às costas.

O dono ficou muito contente e abriu a caixa. Logo ordenou ao pretinho:

– Quero desfeita esta prisão. Quero um palácio em frente ao do meu irmão. Quero casar com a filha do rei.

Tudo assim aconteceu. Depois ele dirigiu-se ao irmão:

– Podia fazer-te muito mal, mas não quero. Antes hei-de repartir contigo a minha riqueza e seremos muito amigos de hoje em diante.

Esquecia-me de dizer que o cão e o gato tiveram coleiras de ouro fino e pedras preciosas. Morreram muito velhos.

A Madrasta

Uma mulher bonita tinha uma filha muito feia e uma enteada bonita como o sol. Com inveja, tratava esta muito mal, a ponto de, quando iam as duas com uma vaquinha para o monte, à filha dava um cestinho com biscoitos, ovos cozidos e figos e à enteada côdeas de pão bolorento. Também não passava dia que não lhe arreasse muita pancada.

Uma vez estavam as duas moças no monte, quando passou uma velha que era fada. Chegou-se a elas e falou assim:

– Se as meninas me dessem um bocadinho da merenda! Estou a cair de fome...

A pequena que era bonita e enteada da mulher ruim deu-lhe logo a sua côdea, enquanto a outra, que tinha o cestinho cheio de coisas boas, começou a comer e nada lhe quis dar. A fada decidiu então castigá-la, fazendo que a feia ficasse com a formosura da bonita e esta com a sua fealdade. Porém, as raparigas não deram por nada. Veio a noite e elas voltaram para casa.

    A mulher ruim que tratava muito mal a enteada saiu-lhes ao caminho, porque já era muito tarde, e começou às vergastadas na própria filha, que estava agora com a cara da bonita, cuidando que estava a bater na enteada. Foram para casa e deu de comer sopinhas de leite e coisas boas à que era feia, pensando que era a sua filha, e à outra mandou-a deitar para a palha de uma loja cheia de teias de aranha e sem ceia.

    Duraram as coisas assim muito tempo, até que um dia passou um príncipe e viu a menina de cara bonita à janela, muito triste, e ficou logo a gostar muito dela. Disse-lhe logo que queria vir de noite falar com ela ao quintal.

    A mulher ruim ouviu tudo e disse à que estava agora feia, e que cuidava ser a sua filha, que se preparasse e fosse falar à noite com o príncipe, mas que não descobrisse a cara. Ela foi, e a primeira coisa que disse ao príncipe é que ele estava enganado, pois ela era muito feia. O príncipe dizia-lhe que não, e a pequena descobriu então a cara, mas a fada deu-lhe naquele mesmo instante a sua formosura.

    O príncipe ficou ainda mais apaixonado e afirmou que queria casar com ela. A pequena foi dizê-lo à que pensava que ela era sua filha. Fez-se o arranjo da boda e chegou o dia em que vieram buscá-la para se ir casar. Ela seguiu com a cara coberta com um véu e a irmã, que estava agora outra vez bonita, ficou fechada na loja às escuras. Assim que a menina deu a mão ao príncipe e ficaram casados, a fada devolveu-lhe a sua formosura, e foi então que a madrasta conheceu que era aquela a sua enteada e não a sua filha. Correu à pressa a casa, dirigiu-se à loja para ver a pequena que lá fechara e deu com a própria filha, que desde a hora do casamento da outra ficara outra vez feia.

Ficaram as duas mulheres desesperadas e não sei como não rebentaram de inveja.

A princesa que adivinha

Havia um rei que tinha prometido a filha a quem lhe perguntasse uma advinha e ela não respondesse. Um dia, certo homem saiu de casa para lhe fazer algumas perguntas, levando ao mesmo tempo uma cadelinha, uma arma e um bolo, para se divertir à caça durante a viagem. Pondo-se a caminho, encontrou uma lebre e, atirando-lhe, matou a raposa. Quando parou descansando, para dar de comer o bolo à cadelinha, esta morreu-lhe. Nisto vieram picar-lhe três corvos, e também morreram. Depois ainda apareceram mais sete a picar nos corvos que já tinham morrido, e eles morreram também.

Pondo-se outra vez a caminho, chegou o homem a certo lugar onde pediu para ficar. O dono respondeu-lhe que só se fosse numa casa onde "anda coisa má, na qual já morreram de susto muitas pessoas". O viajante ainda pediu ao dono da casa que lhe desse um feixe de lenha para queimar durante a noite.

Depois de ter queimado muita lenha, altas horas da noite, o homem das perguntas ouviu uma voz de cima da chaminé:

– Eu caio! Eu caio!

O viajante respondeu-lhe:

– Pois cai, com os diabos!

Caiu uma perna. Em seguida a voz tornou-lhe a gritar a mesma coisa. Respondia-lhe sempre:

– Pois cai, com os diabos!

Até que caiu o corpo inteiro e ficou a falar com o viajante, dizendo-lhe que andava em penas e não podia entrar no Céu sem repartir o dinheiro que estava enterrado debaixo do soalho. Por isso lhe pedia que ficasse com metade e a outra a repartisse por outros.

No dia seguinte, o dono da casa apareceu lá com um caixão para levar o hóspede para a sepultura, tal como acontecera com os outros. O viajante perguntou-lhe para que era aquilo, contando-lhe depois tudo o que acontecera. Voltou o dono da casa com os criados, encontrando um caixote de dinheiro enterrado. Pediu ao viajante para levar a sua parte, o qual nada quis, pondo-se a caminho.

Mais tarde, chegou ao palácio e perguntou à filha do rei:

– Como atirei ao que vi e matei o que não vi?

Ela respondeu-lhe:

– Atiraste a uma lebre e mataste uma raposa.

– E que foi que matou Turbina e Turbina matou três e três mataram sete?

– Deste um bolo à tua cadela chamada Turbina e em seguida vieram picar-lhe três corvos, que morreram, e depois mais sete, que tiveram igual sorte.

– E porque foi que eu não quis o que o morto me disse?

Ela não lhe soube responder e trataram de celebrar o casamento. Nisto foi dar parte à sua família, e quando voltou encontrou outro homem com a princesa na cama. Não quis por esta razão saber mais dela.

A rainha invejosa

Era um homem e uma mulher, que tinham uma filha. Viviam num campo e a menina nunca tinha visto ninguém. Um dia morreu a mãe. Tiveram muita pena e enterraram-na ali. Depois continuaram a viver o pai e a filha, até que chegou um dia em que o velho disse à filha:

– Eu já tenho pouco tempo de vida, e então tu hás-de ir para a cidade, que eu não quero morrer sem te deixar arrumada!

Ao outro dia acordou a menina num lindo palácio, mesmo defronte do palácio real. A menina ficou muito admirada de ver gente e de tudo. À noite veio o pai e falou-lhe do seguinte modo:

– Olha que a rainha há-de cá mandar-te pedir licença para te visitar. Tu diz-lhe que à noite falas comigo. Sem isso não podes recebê-la.

Ao outro dia, logo de manhã, apareceu um criado da rainha a pedir licença para esta visitar a menina. Ela respondeu o que o velho tinha dito. À noite ele veio e disse:

– Podes dizer que sim, que venha. E tu leva-a para a sala e, depois de conversares com ela, dizes: "Venha cá, fogareiro." Há-de vir o fogareiro. "Venha cá, carvão." Há-de vir o carvão. "Venha cá, sertã." Há-de vir a sertã. "Venha cá, azeite." Há-de vir o azeite; e, quando estiver a ferver, tu não tenhas medo. Mete-lhe dentro as mãos e diz: "Venham cá, salmonetes, para a Senhora Rainha merendar."

– Mas quem hei-de eu mandar a casa da rainha, se não tenho ninguém e vivo aqui só?

– Não te apoquentes, que tudo há-de aparecer!

No outro dia logo apareceu um criado que foi levar o recado. A rainha apresentou-se e a menina levou-a para a sala; e, depois de conversarem, a menina chamou:

– Vem cá, fogareiro!

Apareceu um fogareiro.

– Vem cá, carvão!

Apareceu o carvão.

– Acende-te, lume!

Acendeu-se.

– Vem cá, sertã!

Apareceu a sertã.

– Vem cá, azeite!

Apareceu o azeite.

Depois, com muito medo, mas não querendo ir contra as ordens do pai, quando o azeite estava a ferver, meteu-lhe as mãos, dizendo:

– Venham cá, salmonetes, para a merenda da Senhora Rainha!

Apareceram salmonetes e a rainha, cheia de admiração e inveja, merendou e foi-se embora.

Alguns dias depois, disse o velho à filha:

– Amanhã hás-de mandar pedir licença à rainha para ir lá, e vai visitá-la.

A menina disse que sim e foi. A rainha levou-a para a sala e começou a dizer:

– Vem cá, fogareiro! Vem cá, fogareiro! Vem cá, fogareiro!

Mas tal fogareiro não aparecia, já se vê! As aias diziam umas para as outras:

– A nossa rainha não está boa! Então não está a berrar pelo fogareiro?!

– É melhor levar-lhe o fogareiro – disse a mais velha –, senão não se cala.

Levaram-lhe o fogareiro. Daí a nada começou a gritar:

– Vem cá, carvão! Vem cá, carvão!

Mas, por mais que berrasse, o carvão não aparecia. Até que as aias disseram:

– É melhor levar-lhe o carvão, senão não se cala!

Levaram-lho. E a gritaria recomeçou:

– Vem cá, lume! Vem cá, lume!

O lume não aparecia. Foram as aias acender o fogareiro.

– Vem cá, sertã! Vem cá, sertã! – gritava ela cada vez mais.

Até que a aia mais velha disse para as outras:

– É melhor levar-lhe a sertã, que aquilo é alguma coisa que a nossa rainha quer fazer! Nunca a vi assim! Para o que lhe havia de dar!

Levaram-lhe a sertão. E a rainha:

– Vem cá, azeite! Vem cá, azeite!

Como o azeite não aparecia por si, lá lho levou uma das aias. Quando o viu a ferver, meteu-lhe as mãos dentro, dizendo:

– Vem cá, salmonete, para a merenda da menina!

Mas escaldou-se e desatou num berreiro. A menina chamou as aias e muito aflita foi-se embora. No palácio correu grande desgosto, principalmente entre as aias, que estavam com medo que lhes fizessem mal por terem levado as coisas que a rainha pedira.

A menina, à noite, disse ao pai:

– Ai, eu nunca lá fora, meu pai! Então a rainha não se queimou toda por querer fazer como eu?

– Então, deixa, ela é que assim quis! Foi por ser invejosa, pois ninguém a mandou!

A rainha curou-se e um dia mandou dizer à menina se lhe dava licença para lá ir. Ela disse que não sabia se o pai consentia, que ele vinha à noite e lhe perguntaria.

Veio o pai e perguntou-lhe. O velho:

– Sim, eu já sabia que a rainha estava curada. Diz-lhe que pode vir e aparece-lhe despenteada, pedindo desculpa de não teres tido tempo. Depois vai para a sala e chama o toucador, o penteador, o pente e um cutelo, e não tenhas medo. Pega no cutelo, corta a cabeça; penteia-te, torna a pô-la em cima do pescoço.

A menina ficou com muito susto, mas, não querendo desgostar o pai, disse que sim.

Ao outro dia apareceu o criado a perguntar se a rainha podia vir, e, como a menina dissesse que sim, apareceu ela. A menina estava toda despenteada e pediu desculpa.

Depois, levando-a para a sala, chamou:
– Vem cá, toucador.
Apareceu o toucador.
– Vem cá, penteador!
Apareceu o penteador.
– Vem cá, pente, para me pentear!
Apareceu o pente.
– Vem cá, cutelo!
Apareceu o cutelo.

A menina foi com ele e cortou a sua cabeça, pô-la no regaço, penteou-se muito bem e tornou a pô-la em cima dos ombros, ficando como estava.

A rainha estava a estoirar de inveja.

Passados dias, disse o pai à menina que mandasse pedir licença à rainha e que lhe fosse pagar a visita. A rainha disse que sim, e a menina foi. Mal chegou, viu a rainha despenteada e, levando-a para a sala, começou a gritar:

– Vem cá, toucador! Vem cá, toucador!

O toucador não aparecia e as aias diziam:

– Então não querem lá ver?! Sempre que vem aquela menina, a nossa rainha fica como doida! E melhor levarmos o toucador!

Levaram-lho e começou ela:

– Anda cá, penteador! Anda cá, penteador!

As aias, para a calar, levaram-lho.

– Vem cá, pente! Vem cá, pente!

O pente não aparecia e as aias levaram-lho.

Depois começou a gritar, ainda com mais força:

– Vem cá, cutelo! Vem cá, cutelo!

– Para que demônio quererá a nossa rainha, um cutelo?! – perguntavam entre si as aias. – É melhor levar-lhe um para ver se se cala.

Levaram-lho e ela foi ao pescoço, e zás! Matou-se.

A menina começou a gritar. Acudiram as aias. Foi um grande alvoroço.

À noite, quando a menina viu o pai, disse-lhe:

– Ai que pena eu tenho da rainha! Quis fazer como eu e matou-se. Nunca eu lá fora!

– Deixa lá, que ninguém a mandou. Foi invejosa, teve o seu castigo. Agora prepara-te para veres o enterro, que há-de durar três dias. Depois casas-te com o rei.

– Eu, casar com o rei, porquê?

– Porque eu tenho pouco tempo de vida e não quero deixar-te desamparada.

– Mas eu não quero deixar o meu pai.

– Que remédio, se os meus dias já estão contados!

A menina chorou muito. Passado tempo, o rei mandou buscá-la para casar com ele. Casaram. E nesse mesmo dia do casamento desapareceu o palácio da menina.

A Torre da Babilônia

Era uma vez um pescador que, indo certo dia ao mar, encontrou o rei dos peixes – a pescada. O rei dos peixes pediu-lhe que o não levasse. O pescador consentiu, mas a mulher tanto fez com ele, dizendo que lhe levasse o rei dos peixes, que o pescador não teve remédio senão levá-lo. A pescada mandou então ao homem que a partisse em cinco postas: uma para a mulher, outra para a égua, outra para a cadela e duas para serem enterradas no quintal. Assim aconteceu.

Da mulher nasceram dois rapazes; da égua dois cavalos; da cadela dois leões; e do quintal duas lanças.

Os rapazes cresceram. Quando estavam já grandes, pediram ao pai que os deixasse ir viajar.

Partiram cada um com sua lança, seu leão e seu cavalo.

Ao chegarem a um lugar onde havia dois caminhos, um tomou por um e outro por outro, prometendo auxiliarem-se se algum deles precisasse de socorro.

Um deles foi ter a um monte, onde viu uma donzela quase a ser vítima de um bicho de sete cabeças. O rapaz matou o bicho e casou com a donzela.

Um dia estavam ambos à janela e o rapaz, ao avistar ao longe uma torre, perguntou:

– Que torre é aquela?

– É a Torre da Babilônia! Quem lá vai nunca mais torna!

– Pois eu hei-de ir e hei-de tornar.

Fez-se acompanhar do leão, pegou na lança, montou a cavalo e seguiu.

Na torre havia uma velha, que ao ver o cavaleiro cortou um cabelo da cabeça e disse:

– Cavaleiro, prende o teu leão a este cabelo.

O cavaleiro assim fez, mas, vendo que a velha se dirigia contra ele, disse:

– Avança, meu leão!

E a velha respondeu:

– Engrossa, meu cabelão!

Nisto, o cabelo da velha transformou-se em grossas correntes de ferro, e o cavaleiro caiu num alçapão da torre.

Algum tempo depois, o outro rapaz chegou a casa do irmão, mas como ambos eram muito parecidos – este apenas tinha mais um sinal na cara do que o outro –, a cunhada facilmente o tomou pelo marido e deu-lhe pousada nessa noite.

Ao outro dia, estavam ambos à janela, e o cunhado, ao avistar a torre da velha, perguntou:

– Que torre é aquela?

– Já te disse ontem que é a Torre da Babilônia. Quem lá vai nunca mais torna!

– Pois hei-de ir lá e hei-de voltar.

Aprontou-se exatamente como o irmão e caminhou em direção à torre. Assim que a velha o viu, disse-lhe para prender o leão ao cabelo. O rapaz fingiu que o prendeu, mas deixou cair o cabelo. Então a velha correu para ele. O rapaz exclamou:

– Avança, meu leão!

E a velha:

– Engrossa, meu cabelão!

O cabelo não engrossou e o leão avançou.

A velha:

– Não me mates, que eu dou-te muitas riquezas!

O cavaleiro não se importava:

A velha:

– Não me mates, e aqui tens um vidrinho que desen– canta todas as pessoas que estão encantadas na torre.

O cavaleiro recebeu o vidro, mandou avançar o leão e matou a velha. Depois desencantou todos os que estavam na torre. O irmão, porém, apenas soube que a mulher, por engano, havia quebrado os laços conjugais, assassinou o seu salvador.

A velha e os lobos

Uma velha tinha muitos netos, um dos quais ainda estava por batizar. Um dia, ela saiu à procura de um padrinho e no caminho encontrou um lobo, que lhe perguntou:

– Onde vais tu, velha?

Ao que ela respondeu:

– Vou arranjar um padrinho para o meu neto.

– Ó velha, olha que eu como-te!

– Não me comas, que quando batizar o meu neto dou-te arroz-doce.

Foi mais adiante e encontrou outro lobo, que lhe fez a mesma pergunta, e ela deu-lhe a mesma resposta. Depois encontrou um homem que quis saber o que ela andava a fazer, e, como ela lhe respondesse que procurava um padrinho para o neto, ele ofereceu-se logo para isso. Depois a velha contou-lhe o encontro que tinha tido com os lobos e o homem deu-lhe uma grande cabaça, recomendando-lhe que se metesse dentro dela. Desse modo, explicou-lhe, poderia ir para casa sem que os lobos a vissem. A velha assim fez.

Ia a cabaça a correr, a correr, quando apareceu um lobo, que lhe perguntou:
– Ó cabaça, viste por aí uma velha?
Resposta:

– Não vi velha, nem velhinha,
Não vi velha, nem velhão.
Corre, corre, cabacinho
Corre, corre, cabação.

Mais adiante, outro lobo apareceu a perguntar:
– Ó cabaça, viste por aí uma velha?
E a cabaça:

– Não vi velha, nem velhinha,
Nem velhinha, nem velhão.
Corre, corre, cabacinha,
Corre, corre, cabação.

A velha, julgando que já estava longe dos lobos, deitou a cabeça de fora da cabaça, mas os lobos, que a seguiam, saltaram-lhe em cima e comeram-na.

A velha espertalhona

Era uma vez uma velha que vivia no campo com um netinho. Uma noite, acendeu o lume para fazer a ceia e disse ao pequeno que fosse debaixo da cama buscar uma alcofinha que lá estava com ovos. O rapaz foi, mas começou de lá a gritar, cheio de medo:

– Minha avó, venha cá ver! Estão aqui uns olhos a luzir. Venha cá, venha cá!

Ela foi ver e encontrou lá um homem com cara de ladrão. Não se deu por achada e disse:

– Ai, não te aflijas! É um pobrezinho que se recolheu na nossa casa! Venha cá, irmãozinho, deve estar com muito frio. Venha aquecer-se ao meu lume e comeremos uns ovinhos.

O homem saiu de lá, agradecendo e dizendo que estava ali por causa do frio. Acrescentou que tinha visto a porta aberta e por isso entrara. A velha dava-lhe toda a razão e foi-o levando para a cozinha. Sentaram-se ao pé da chaminé e cearam todos três. Depois contou a velha:

– Meu irmãozinho, agora vou entretê-lo um bocado de tempo enquanto não adormecemos, contando-lhe alguma coisa com respeito à minha família. Começando por meu pai, que era muito bom homem, mas muito falto de paciência na doença: sofria com resignação, menos na doença. Qualquer coisa que tivesse, por pequena que fosse, custava-nos imenso a aturar! Pois um dia apareceu-lhe um tumor, que chegou a termos de ir à cidade consultar um médico. Não estando ainda o tumor capaz de ser operado, mandou-o lá voltar dois dias depois. Como era muito impaciente, nós pedimos-lhe muito que não fizesse barulho. Bem! Daí a dois dias voltamos lá com ele e o médico pegou na lanceta. Apenas lhe levantou a pele, começou a gritar: "Aqui-d'el-rei! Aqui-d'el-rei!"

E a velha gritava com quanta força tinha.

O ladrão, aflito, dizia-lhe:

– Senhora, não grite tanto que podem ouvir os vizinhos!

– Não há dúvida! Olhe, meu irmãozinho, já tenho contado esta história a tantos hóspedes que aqui têm pousado que os vizinhos já se habituaram. Pois, como dizia, acomodamos meu pai e tornou o médico a espetar a lanceta. Não imagina o senhor o que foi ali! Era uma gritaria que não se parava!

E a velha insistia com toda a força:

– Aqui-d'el-rei! Aqui-d'el-rei! Aqui-d'el-rei que me matam!

E o homem muito aflito:

– Não grite assim, tiazinha! Olhe os vizinhos!

– Isso, sim! Descanse, que não há novidade! Depois foi preciso espremer o tumor. Já se vê que não podia ficar assim, e então é que foi o bom e o bonito!

E a velha berrava cada vez mais alto.

Ainda ela não tinha acabado a história e já a vizinhança lhe estava a bater à porta. E ela, muito descarada, foi abrir:

– Que é isto, vizinha, em que aflição se vê?

– Ai, não é nada! Era eu que estava a contar uma história a este irmãozinho.

E, muito baixo, foi informando:

– Agarrem aquele homem, que é um ladrão. Estava escondido debaixo da minha cama!

Deitaram-lhe a mão e foi levado para a cadeia. E a velha livrou-se da morte, e ao neto também, graças à sua esperteza e coragem.

A velha fadada

Havia duas velhas muito feias. Ambas queriam casar. Como eram muito feias, não falavam nem aparecia ninguém que as quisese. Punham uns anúncios na porta, mas, se por acaso surgia alguém para o efeito desejado, elas mandavam dizer que só apareceriam na ocasião de irem para a igreja.

Assim, houve um homem que as quis conhecer e tratou do casamento com uma delas. A velha disse que sim e, chegando o dia da boda, fez-se muito bonita para ir à igreja. No regresso, ainda era cedo e ela foi para o quarto com o marido.

Começou a velha a despir-se e ele ia percebendo que tudo quanto a velha trazia era postiço. Não tinha no corpo nada que lhe pertencesse, e, depois de algum tempo, o marido, farto de ver a velha a desfazer-se e ficar feia como a noite, deu-lhe um empurrão. E ela caiu da janela abaixo.

Como, porém, debaixo da janela houvesse um telhado, a velha ficou presa pela camisa a uma telha e aí esteve toda a noite. De manhã passaram duas fadas e olhando para a pobre velha disseram:

– Coitada! Estás aí talvez por seres feia! Pois eu te fado para que sejas a cara mais linda que haja!

A velha tornou-se lindíssima. Quando, pela manhã, o marido se levantou, disse consigo: "Deixa-me ver se o diabo da velha ainda está na rua."

Olhou para o telhado e qual não foi o seu espanto quando, em vez da velha feia como a noite que na véspera atirara pela janela, viu uma linda rapariga. Ficou doido de contente e tratou de a puxar para dentro, desfazendo-se em desculpas. Afirmou que por força estava cego quando cometera o ato tresloucado. A velha escutava tudo com paciência, porque bem sabia o que lhe acontecera.

A outra irmã, quando viu a casada bonita, começou a perguntar-lhe o que tinha ela feito para tal. Mas, como estava ali o marido, a velha fadada não podia falar alto e por isso dizia baixinho à irmã:

– Fadaram-me.

A outra, que era surda e não ouvia quase nada, tornava a perguntar-lhe:

– Que te fizeram para estares tão linda?

– Fadaram-me – repetia aquela, sempre em voz baixa.

A irmã, que entendeu que a tinham esfolado, mandou chamar um barbeiro e pediu-lhe que a esfolasse também. O barbeiro não queria por coisa nenhuma fazê-lo, mas ela tanto teimou que o homem começou a esfolá-la. Apenas, porém, lhe esfolou um braço, a velha morreu. O barbeiro mandou logo chamar a irmã e contou-lhe o sucedido.

Ficou a casada com muita pena, mas, como já nada pudesse fazer, pediu ao barbeiro que guardasse segredo, porque Deus a livrasse de o marido saber! Mas o que ela queria era que o marido não desconfiasse que ela tinha sido fadada.

As irmãs gagas

Uma mãe tinha três filhas e todas eram gagas. Para fazer que elas não perdessem casamento, disse-lhes:
– Meninas, é preciso estarem sempre caladas quando vier aqui a casa algum rapaz. Doutro modo, nada feito!

De uma vez, trouxe-lhes um noivo para ver se gostava de alguma delas, e tinha-se esquecido de repetir a recomendação às filhas. Estavam, pois, elas na presença do noivo, que ainda não tinha dado sinal para quem ia a sua simpatia, quando uma delas sentiu chiar o lume. E logo disse muito lampeira:

– Ó mãe, *o tutalinho fede* (isto é: "O pucarinho ferve")!

Diz dali a outra irmã:

– *Tira-le o této e mete-le a tolé* (isto é: "Tira-lhe o testo e mete-lhe a colher").

A última, zangada por ver que as irmãs não obedeciam à habitual recomendação da mãe, exclamou:

– A mãe *nam di* que não *falará tu*? Pois agora não *tasará tu* (isto é: "A mãe não disse que não falarás tu? Pois agora não casarás tu)!

O noivo, assim que viu que todas elas eram tatibitate, desatou a rir e fugiu pela porta fora.

As macacas

Era uma vez um rei que tinha três filhos e um deles era marranita. Todos queriam casar mas o pai disse que fossem correr mundo, e que, dos três, casaria aquele que trouxesse a bacia mais bonita. Partiram e chegaram lá a um ponto onde havia três estradas e cada um foi para seu lado.

O marranita foi andando, andando, e foi ter a um palácio. Vieram abrir-lhe a porta muitas macacas, e uma muito pequenina não o largou mais. Puseram a mesa para o marranita comer, mas ele pôs-se a chorar.

Diz-lhe a macaquinha:

– Então porque está a chorar?

– Ora meu pai quer que eu lhe leve a bacia mais bonita que houver.

– Não chore, aqui tem o caco das galinhas.

E quando ele se foi embora meteram-lhe o caco das galinhas no alforge.

Chegou lá à fazenda e já vinham os outros irmãos com umas bacias muito bonitas, e o marranita muito triste porque só levava o caco das galinhas. Foram os três para o palácio.

Estava lá muita gente, muitos fidalgos. O primeiro que se apresentou foi o mais velho, depois foi o outro e o terceiro foi o marranita. Apresentaram as bacias, sendo a do mais velho de bronze e a do outro de prata, mas o marranita não se atrevia a apresentar o caco das galinhas. O rei teimou com ele, zangou-se, e o marranita viu-se obrigado a sacar o caco das galinhas que se transformou numa formosa bacia de ouro.

O rei disse para os outros que quem casava era o marranita. Eles responderam que não, pois ainda faltava a toalha. Pois que fossem novamente correr mundo e que casaria quem trouxesse a melhor toalha. O marranita correu logo ao tal palácio das macacas, e a macaquinha deu-lhe a rodilha da chaminé.

Chegou o marranita à fazenda e já estavam os dois irmãos com toalhas muito ricas. Foi tirar a rodilha da chaminé para a mostrar aos seus irmãos e encontrou uma toalha cor de rosa. Foram para o palácio.

Todas as toalhas eram bonitas, mas a do marranita era a melhor.

– Não há remédio – disse o rei – quem casa é o marranita.

Encarregou-o de escolher noiva e de a apresentar no palácio dentro de dias. O marranita correu logo a casa das macacas, para elas lhe escolherem a noiva.

– Vou eu – disse a macaquinha.

Pôs-se à porta um carro de cortiça e ele meteu-se dentro com a macaquinha, e as outras macacas e ursos tudo a tocar em instrumentos atrás do carro.

Chegaram à fazenda e estavam lá os irmãos e fizeram grande mangação dele. Ele zangou-se, e apeou-se do carro e foi beber água à fonte; quando se voltou já não viu os irmãos, mas viu tudo transformado: as macacas e os ursos eram princesas e príncipes e a macaquinha era a princesa mais bonita.

Os dois irmãos iam a caminho do palácio dizendo:

– Ora o marranita a trazer uma companhia de macacas!

E riam muito; mas ficaram com grande inveja quando viram chegar o marranita com a sua noiva, no meio de muitos príncipes e princesas e num carro todo de oiro, e serem recebidos pelo rei com grandes honras.

Casou o marranita, e acabou-se o conto das macacas.

Dom Caio

Era uma vez um alfaiate muito poltrão, que estava trabalhando à porta da rua; como ele tinha medo de tudo, o seu gosto era fingir de valente. Vai de uma vez viu muitas moscas juntas e de uma pancada matou sete. Daqui em diante não fazia senão gabar-se:

– Eu cá mato sete de uma vez!

Ora o rei andava muito aparvalhado, porque lhe tinha morrido na guerra o seu general Dom Caio, que era o maior valente que havia, e as tropas do inimigo já vinham contra ele, porque sabiam que não tinha quem mandasse a combatê-las.

Os que ouviram o alfaiate andar a dizer por toda a parte: "Eu cá mato sete de uma vez!" foram logo metê-lo no bico ao rei, que se lembrou que quem era assim tão valente seria capaz de ocupar o posto de Dom Caio. Veio o alfaiate à presença do rei, que lhe perguntou:

– É verdade que matas sete de uma vez?

– Saberá Vossa Majestade que sim.

– Então, nesse caso, vais comandar as minhas tropas e atacar os inimigos que já me estão cercando.

Mandou vir o fardamento de Dom Caio e fê-lo vestir ao alfaiate, que era muito baixinho, e ficou com o chapéu de bicos enterrado até às orelhas; depois disse que trouxesse o cavalo branco de Dom Caio para o alfaiate montar. Ajudaram-no a subir para o cavalo, e ele já estava a tremer como varas verdes; assim que o cavalo sentiu as esporas botou à desfilada, e o alfaiate a gritar:

– Eu caio! Eu caio!

Todos os que o ouviam por onde ele passava, diziam:

– Ele agora diz que é o Dom Caio: já temos homem!

O cavalo que andava acostumado a escaramuças, correu para o lugar em que andava a guerra e o alfaiate com medo de cair ia agarrado às crinas, a gritar como um desesperado:

– Eu caio! Eu caio!

O inimigo assim que viu o cavalo branco do general valente e ouviu o grito "Eu caio! Eu caio!" conheceu o perigo em que estava e disseram os soldados uns para os outros:

– Estamos perdidos! que lá vem Dom Caio; lá vem Dom Caio!

E botaram a fugir à debandada; os soldados do rei foram-lhe no encalço e mataram eles, e o alfaiate ganhou assim a batalha só em agarrar-se ao pescoço do cavalo e em gritar: "Eu caio".

O rei ficou muito contente com ele e em paga da vitória deu-lhe a princesa em casamento e ninguém fazia senão louvar o sucesso de Dom Caio pela sua coragem...

Duas pessoas casadas

Era uma vez um homem e uma mulher, casados e muito amigos. Mas, em dada altura, ela começou a sentir uma aflição e pôs-se a dizer que lhe estava a apetecer matar-se. E o marido disse-lhe:

– Vamos passear, vamos espairecer!

E foram. Depois ele andou para o campo e ela para casa. Nessa ocasião passou o Diabo, que ia muito apressado, e uma mulher feiticeira, que o viu, perguntou-lhe:

– Tu vais tão aflito?

E ele respondeu:

– Queria arranjar aqueles dois para mim e não posso.
– Aludia aos dois casados.

E ela disse-lhe:

– Isso te arranjo eu, mas quanto me dás?
– Dou-te umas chinelas.

E a feiticeira foi ter com o homem ao campo e pediu--lhe uma esmolinha.

E o homem:

– Vá a casa ter com a minha mulher.

E ela perguntou-lhe:

– A sua mulher é sua amiga?

– Sim, senhora, é muito minha amiga.

– Pois olhe que ela quer matá-lo.

A tal foi então a casa do homem e pediu a esmola à mulher. Perguntou-lhe:

– O seu homem é seu amigo?

– É muito meu amigo.

– Pois olhe, se quer que ele seja mais seu amigo, fique a cirandar e deixe-o adormecer, corte-lhe dois cabelos da cabeça e traga-os consigo. Isso então é que ele há-de ser seu amigo.

A mulher assim fez. Deixou-o adormecer, pegou numa tesoura e foi ver se ele dormia. Pôs-se a examinar e foi com a tesoura para ele. Ele então levantou-se e sempre acreditou o que a outra lhe tinha dito, pois que cuidava que a tesoura era para ela o matar. Mas quem a matou foi ele.

Depois a feiticeira foi ter com o Diabo e disse-lhe:

– Venham, venham para cá as minhas chinelas.

E ele exclamou, pondo-se à distância:

– De longe!... Toma lá! Fizeste num dia o que eu não fiz num ano!

Frei João Sem-Cuidados

O rei ouvia sempre falar em Frei João Sem-Cuidados como um homem que não se afligia com coisa nenhuma deste mundo:

– Deixa estar, que eu é que te hei-de meter em trabalhos!

Mandou-o chamar à sua presença e disse-lhe:

– Vou dar-te uma adivinha e se dentro de três dias não me souberes responder, mando-te matar. Quero que me digas: 1º *Quanto pesa a Lua?* 2º *Quanta água tem o mar?* 3º *Que é que eu penso?*

Frei João Sem-Cuidados saiu do palácio bastante atrapalhado, pensando na resposta que havia de dar a cada uma daquelas perguntas. O seu moleiro encontrou-o no caminho e estranhou ver o frade tão macambúzio e de cabeça baixa.

– Olá, Frei João Sem-Cuidados, então porque é que está tão triste?

– É que o rei disse-me que me mandava matar se dentro de três dias não lhe respondesse quanto pesa a Lua, quanta água tem o mar e que é que ele pensa!

O moleiro desatou a rir e disse-lhe que não tivesse cuidado, que lhe emprestasse o hábito de frade, que ele iria disfarçado e havia de dar boas respostas ao rei.

Passados três dias, o moleiro, vestido de frade, foi pedir audiência ao rei. Este perguntou-lhe:

– Então quanto pesa a Lua?

– Saberá Vossa Majestade que não pode pesar mais de um arrátel, pois todos dizem que ela tem quatro quartos.

– É verdade. E agora: quanta água tem o mar?

– Isso é muito fácil de saber. Mas como Vossa Majestade só quer saber a água do mar, é preciso primeiro mandar tapar os rios, porque sem isso nada feito.

O rei achou bem respondido, mas, zangado de ver Frei João Sem-Cuidados a escapar-se às dificuldades, tornou:

– Agora, se não souberes que é que eu penso, mando-te matar!

O moleiro respondeu:

– Ora, Vossa Majestade pensa que está a falar com Frei João Sem-Cuidados e está mas é a conversar com o seu moleiro.

Deixou cair o capucho de frade e o rei ficou pasmado com a esperteza dele.

História de João Grilo

Havia um rapaz chamado João Grilo que era muito pobrezinho. Os pais queriam a todo o custo casá-lo rico, apesar da sua pobreza e falta de educação.

Um dia, espalhou-se por toda a terra que tinham desaparecido as joias da princesa e que o rei seu pai daria a mão da jovem a quem descobrisse o autor do roubo. Mas, por outro lado, também castigaria com a morte todo aquele que se fosse apresentar e que ao fim de três dias não tivesse dado com o ladrão.

Começaram os pais de João Grilo a meter-lhe na cabeça que fosse tentar fortuna, mas o rapaz não queria, vendo que já alguns tinham sido mortos por não descobrirem as joias.

Enfim, tanto o tentaram que se foi apresentar ao rei.

Os guardas do palácio não o queriam deixar entrar, por o verem muito roto, e começaram a fazer pouco dele, dizendo-lhe até que ele era doido.

Por fim, lá lhe deram passagem.

O rei e a princesa também se riram muito dele, mas não tiveram remédio senão cumprir a sua palavra.

Meteram-no num quarto e deram-lhe três dias para pensar.

Ia só um criado dar-lhe de comer. E à noite, quando esse criado lhe perguntou se queria mais alguma coisa, ele respondeu que não e ao mesmo tempo que dava um suspiro disse:

– Já lá vai um!

O criado saiu muito atrapalhado e foi ter com os outros dois, a quem contou o que o João Grilo tinha dito.

Estes três criados eram justamente os que tinham roubado as joias da princesa e julgaram que o João Grilo tinha conhecido um dos ladrões e por isso tinha dito: "Já lá vai um!"

Enganavam-se, porque ele se tinha referido a que lá ia um dia e ele ia caminhando assim para a forca.

Os criados combinaram que no dia seguinte iria outro, para ver se o Grilo também o conhecia.

Assim foi. Nessa noite, quando o segundo perguntou ao João Grilo se queria mais alguma coisa, ele, além de dizer que não, suspirou:

– Já lá vão dois!

Os criados ficaram assustadíssimos e contaram ao outro. Imagine-se como eles ficaram!

No dia seguinte, foi lá o terceiro dos ladrões, e à noite, quando se despedia do preso, ele disse:

– Está pronto: já lá vão três!

O criado, julgando que estava tudo descoberto, deitou-se aos pés de João Grilo e suplicou-lhe:

– É verdade, senhor, fomos nós três, mas peço-lhe por tudo quanto há que não diga nada ao rei. Ficaríamos desgraçados. Nós entregamos as joias todas, com a condição de não nos denunciar.

João Grilo caiu das nuvens, mas fingiu que efetivamente tinha adivinhado.

Prometeu ao homem que não diria nada e mandou logo buscar as joias. Como tinham findado os três dias, foi o rei ter com João Grilo e perguntou-lhe:

– Descobriste?

– Saiba Vossa Majestade que sim senhor.

O rei riu-se muito, julgando que o rapaz estava doido, mas ele apresentou-lhe as joias, sem dizer quem tinha sido o ladrão.

Imagine-se como ficou a princesa, vendo que tinha de casar com um maltrapilho! Chorou muito e pediu ao pai que a não casasse com tal homem. Mas o pai dizia-lhe que palavra de rei não volta atrás e que o casamento se faria mesmo. E a princesa não teve outro remédio senão conformar-se. Porém, João Grilo, que tinha bom coração, vendo a repugnância dela, disse logo que desistia do casamento.

O rei apreciou este gesto e disse-lhe que pedisse o que quisesse que ele nada lhe negaria. João Grilo apenas pediu para ficar no palácio. O rei não só consentiu nisso como lhe deu muitos sacos de dinheiro. Com fama de adivinhão, não ficou mal colocado.

Um dia, o rei apanhou um grilo no jardim, fechou-o na mão e decidiu experimentar o adivinhador:

– Ó João, adivinha lá o que está fechado nesta mão!

O pobre, coitado, coçou a cabeça e murmurou:

– Ai, Grilo, Grilo, em que mãos estás metido!

O rei, julgando que ele se referia ao grilo, e não a si próprio atrapalhado, ficou muito contente, exclamando:

– Adivinhaste! Adivinhaste. É mesmo um grilo! – E deu-lhe mais dinheiro.

Outro dia, encontrou o rei o rabo de uma porca que tinha morto e enterrado no quintal. Chamou o João Grilo e perguntou-lhe:

– Adivinha agora o que está aqui enterrado!

O rapaz, de novo aflito, disse a medo:

– Agora é que a porca torce o rabo!

O rei abraçou-o e deu-lhe mais dinheiro.

Mas João Grilo, vendo-se rico e temendo não adivinhar a próxima, ou seja, que o acaso não o ajudasse, apresentou as suas despedidas e foi para a sua terra, deixando muitas saudades.

História de João Soldado

Era uma vez um rapaz bem nascido, mas sem eira nem beira, a quem tocou a sorte de soldado. Completo o tempo de praça, que foram oito anos, tornou a alistar-se por outros oito e depois por outros tantos.

Quando chegou a completar estes últimos, já era velho e como nem para andar com as marmitas servia, deram-lhe baixa entregando-lhe um pão e quatro vinténs que era quanto lhe restava de soldo.

– Sempre lhes declaro – disse consigo João Soldado, pondo-se a caminho – que tirei um lucro de arregalar o olho! depois de servir o rei vinte e quatro anos, o que venho a lucrar é um pão e quatro vinténs! Porém, andar com Deus! nada adianto em desesperar-me, a não ser criar mau sangue.

Não há vida mais rendosa
Do que a vida de soldado;
É rancho, mochila e arma,
E morrendo está arrumado!

Nesse tempo andava Nosso Senhor Jesus Cristo pelo mundo e trazia por moço a S. Pedro. Encontrou-se com eles João Soldado e S. Pedro, que era o do saco, pediu-lhe uma esmola.

– Eu que lhe hei-de dar – disse João Soldado – se depois de servir o rei vinte e quatro anos, não ganhei mais do que um pão e quatro vinténs!

Mas S. Pedro que era teimoso insistiu.

– Enfim – disse João Soldado – ainda que depois de servir o rei vinte e quatro anos, só tenho por junto um pão e quatro vínténs, repartirei do pão com vossemecês,

E puxando da navalha partiu o pão em três bocados, deu-lhes dois e ficou com um.

Daí a duas léguas encontrou se outra vez com S. Pedro e este tornou a pedir-lhe esmola.

– Quer parecer-me – disse João Soldado – que já lá adiante vi a vossemecês e que conheço essa calva; mas enfim, andar com Deus! ainda que depois de servir o rei vinte e quatro anos, só tenha um pão e quatro vinténs e, que do pão não me resta senão este bocado, reparti-lo-ei com vossemecês.

Assim o fez, e em seguida comeu a sua parte, para que não tornassem a pedir-lha.

Ao pôr do sol encontrou-se terceira vez com o Senhor e S. Pedro, que lhe pediram esmola.

– Quase juraria que já lha dei – disse João Soldado. Porém andar com Deus! ainda que depois de servir o rei vinte e quatro anos, me vi só com um pão e quatro vinténs, reparti-los-ei como reparti o pão.

Pegou num pataco que deu a S. Pedro e ficou com outro.

– Que hei-de fazer com um pataco? – disse para si João Soldado – o remédio é deitar-me a trabalhar, se quiser comer.

– Mestre – disse S. Pedro ao Senhor – faça Vossa Majestade alguma coisa em favor desse desgraçado que serviu vinte e quatro anos o rei e não tirou outro proveito mais do que um pão e quatro vinténs que repartiu conosco.

Está bem; chama-o e pergunta-lhe o que ele quer – respondeu o Senhor.

Assim o fez S. Pedro, e João Soldado, depois de pensar, respondeu-lhe que o que queria era que no bornal que levava vazio se metesse o que ele quisesse meter nele, o que foi concedido.

Ao chegar a um lugar, viu João Soldado numa tenda umas broas de pão mais alvo que jasmins e umas linguiças que estavam a dizer: comei-me.

– Salta para o bornal! – gritou Soldado em tom de comando.

E era para ver como as broas dando voltas como rodas de carreta e as linguiças arrastando-se como cobras, se encaminhavam para o bornal sem perder o rumo. O aldeão, dono da tenda, e o aldeãozinho seu filho, corriam atrás delas, dando cada passada que um pé perdia de vista o outro; mas de que montava se as broas rodavam desatinadas como calhaus por uma encosta abaixo e as linguiças lhes escorregavam por entre os dedos como enguias!

João Soldado, que comia mais do que um cancro e que naquele dia tinha mais fome do que Deus paciência, tomou um fartote real, daqueles de dizer: não posso mais!

Ao anoitecer chegou a um lugar: como era soldado com baixa, tinha alojamento, por, isso dirigiu-se ao regedor, a fim deste lhe dar boleto.

– Senhor eu sou um pobre soldado – disse ele ao regedor – que depois de ter servido o rei, vinte e quatro anos, achei-me só com um pão e quatro vinténs, que se gastaram no caminho.

O regedor disse-lhe que se ele quisesse, o alojaria em uma herdade próxima, para onde ninguém queria ir, porque havia morrido nela um condenado e desde então andava lá coisa ruim; mas se ele era animoso e não tinha medo de coisas ruins, podia ir que encontraria lá tudo do bom e do melhor, porque o condenado tinha sido riquíssimo.

– Senhor, João Soldado não deve nem teme – responde este – e portanto passo lá a encaixar-me enquanto o diabo esfrega um olho.

Na tal herdade achou-se João Soldado no centro da abundância; a adega era das mais excelentes, a despensa das mais providas, e os madureiros estavam atestados de frutas.

A primeira coisa que fez como prevenção para o que pudesse suceder, foi encher uma cântara de vinho, porque considerou que aos bêbados costuma tapar-se a veia do medo, em seguida acendeu uma vela e sentou-se à luz a fazer umas migas de toucinho.

Apenas se tinha sentado, quando ouviu uma voz que vinha pela chaminé abaixo e que dizia:

— Caio?

— Pois cai, se tens vontade – respondeu João Soldado, que já estava meio pitosga com as emborcações daquele vinho precioso. Quem serviu vinte e quatro anos o rei sem tirar outro proveito do que um pão e quatro vinténs, não teme nem deve.

Ainda bem não tinha acabado, quando caiu a própria, a exata perna de um homem. João Soldado sentiu tal arrepio, que se lhe eriçaram os cabelos como um gato assanhado. Pegou na cântara e bebeu um trago.

— Queres que te enterre? – perguntou-lhe João Soldado.

A perna disse com o dedo do pé que não.

— Pois apodrece para aí – disse João Soldado.

Daí a nada tornou a dizer a mesma voz, dantes:

— Caio?

— Pois cai, se tens vontade – respondeu João Soldado dando outro beijo na cântara. – Quem serviu vinte e quatro anos o rei não teme nem deve.

Caiu então ao lado da perna a sua companheira. Para rematar em poucas palavras, deste modo foram caindo os quatro quartos de um homem e por último a cabeça, que se uniu aos quartos, e então se pôs em pé uma peça, não um cristão, mas um assombroso espectro, que parecia o próprio condenado em corpo e alma. João Soldado – disse ele com um vozeirão capaz de gelar o sangue nas veias.

— Vejo que és um valente.

— Sim senhor – respondeu este – sou-o, não há dúvida; pela vida de Cristo, nunca João Soldado conheceu fartura nem medo; mas apesar disso saberá vossa mercê que depois de ter servido o rei vinte e quatro anos o proveito que tirei foi um pão e quatro vinténs.

– Não te entristeças por isso — disse o espectro – pois se fizeres o que eu te vou dizer salvarás a minha alma e serás feliz, queres fazê-lo?

– Sim, senhor, sim, senhor, ainda que seja dar-lhe pontos nos quartos a sua mercê, para que se lhe não tornem a separar.

– O pior – disse o espectro – é que me parece que tu estás bêbado.

– Não senhor, não senhor, estou sim "tem-te não caias"; pois saberá sua mercê que há três classes de bebedeiras: a primeira é "tem-te não caias", a segunda é de fazer "SS" e "RR" e a terceira é de "cair". Ora eu, senhor, não passei do "tem-te não caias".

– Então anda comigo – disse o espectro.

João Soldado, que estava meio "peneque", levantou-se fazendo balanços como corpo santo em andor e pegou na vela; porém, o espectro estendeu o braço como uma garrocha e apagou a luz. Não era precisa, porque os olhos dele alumiavam como duas forjas acesas.

Quando chegaram à adega, disse o espectro:

– João Soldado, pega numa enxada e abre aqui uma cova.

– Abra-a vossa mercê com toda a sua força, se faz gosto nisso – respondeu João Soldado – que eu não servi o rei vinte e quatro anos, sem tirar outro lucro mais do que um pão e quatro vinténs, para me pôr agora a servir outro amo que pode ser que nem isso me dê.

O espectro pegou na enxada cavou e tirou três talhas e disse a João Soldado:

– Esta talha está cheia de cobre, que repartirás pelos pobres; esta está cheia de prata, que empregarás em sufrágios pela minha alma, e esta última está cheia de ouro que será para ti, se me prometeres empregar o conteúdo das outras conforme acabo de dispor.

– Fique sua mercê descançado – respondeu João Soldado – vinte e quatro anos passei cumprindo as ordens que me davam – sem tirar outro proveito mais do que um pão e quatro vinténs; por isso já vê sua mercê, se o farei agora que tão boa recompensa me promete.

João Soldado cumpriu tudo o que lhe recomendou o espectro e ficou metido num sino, fazendo um figurão com tanto dinheiro como o que tinha na talha.

Mas a quem tudo o que se passa causou grandes amargos de boca, foi a Lúcifer, o qual ficou sem a alma do condenado, pelo muito que por ela rezaram a igreja e os pobres, e não sabia como vingar-se de João Soldado.

Havia no inferno um Satanás pequeno mas ladino e astuto que nenhum, que disse a Lúcifer ser capaz de lhe trazer João Soldado.

Causou isto tanta alegria ao diabo mor, que prometeu ao pequeno, se cumprisse o que prometia, presenteá-lo com um molho de enfeites e joias para tentar e perder as filhas de Eva, e uma porção de baralhos e garrafas de vinho para seduzir e perder os filhos de Adão.

Estava João Soldado sentado no seu cerrado quando viu chegar muito lépido o diabinho, que lhe disse:

– Bons dias, senhor D. João.

– Estimo ver-te, macaquito. Que feio tu és. Queres uma fumaça?

– Não fumo, D. João, senão palhas.

– Queres beber um trago?

– Não bebo senão água-forte.

– Pois então a que vens, alma de Caim?

– A levá-lo a sua mercê.

– Em boa hora seja. Não servi vinte e quatro anos o rei, para tocar a retirada diante de um inimiguito de má sorte como tu. João Soldado não teme nem deve, percebeste? Olha, sobe a essa figueira que tem uns figos como punhos, enquanto eu vou pelos alforges porque se me afigura que o caminho que temos para andar é comprido.

O satanás pequeno que era guloso, subiu à figueira e pôs-se a comer figos. Entretanto João Soldado foi buscar o bornal que deitou às costas, e em seguida voltou gritando ao diabrete.

– Salta para o bornal!

O diabo pequeno, dando cada guincho que assombrava e fazendo contorção que metia medo, não teve remédio senão encaixar-se dentro do bornal.

João Soldado pegou num malho de ferreiro e começou a desancar o pobre diabrete, até lhe deixar os ossos feitos num feixe.

Deixo à consideração dos nobres leitores o ânimo que Lúcifer teria, quando viu chegar à sua presença o seu benjamin, a menina dos seus olhos, todo derreado e sem ter bocado de corpo que não estivesse escalavrado.

– Irra, três mil vezes irra! – bradou ele – protesto que esse descarado basofia de João Soldado mas há-de pagar todas as juntas; eu mesmo lá vou em pessoa, deixa estar.

João Soldado que esperava esta visita, estava prevenido e tinha o bornal às costas: por isso apenas se apresentou Lúcifer, deitando lume pelos olhos e foguetes pela boca, pôs-se-lhe João Soldado diante com muita serenidade e disse-lhe:

– Ó compadre Lúcifer, João Soldado não teme nem deve, é preciso que saibas.

– O que hás-de saber tu, meu fanfarrão das dúzias, é que te vou meter no inferno num abrir e fechar de olhos – disse Lúcifer bufando.

– Tu a mim? tu a João Soldado! Não há-de ser fácil. O que tu não sabes, compadre soberbo, é que quem te vai meter os tampos dentro sou eu.

– Tu, vil gusano terrestre?

– Eu a ti, grande estafermo, é que te vou meter num bornal, a ti, ao teu rabo e aos teus cornos.

– Basta de bravatas, disse Lúcifer, estendendo o seu grande braço e mostrando as suas tremendas unhas.

– Salta para o bornal! – exclamou em voz de comando João Soldado.

E por mais que Lúcifer se dobrasse, por mais que se arrepelasse, se defendesse, e se pusesse num novelo por mais que bramisse, bufasse e uivasse, foi de cabeça dentro ao bornal sem apelação nem agravo.

João Soldado foi buscar um maço e começou a descarregar sobre o bornal cada pancada que fazia uma cova até que deixou Lúcifer mais chato que uma folha de papel.

Quando sentiu os braços cansados deixou ir o preso e disse-lhe:

– Olha que por agora contento-me com isto; mas se te atreves a tornar a pôr-te diante de mim, grande desavergonhado, tão certo como eu ter servido o rei vinte e quatro anos, sem tirar outro proveito mais que um pão e quatro vinténs, arranco-te o rabo, os cornos e as unhas, e veremos então a quem metes medo. Ficas prevenido.

Quando a corte infernal viu chegar o diabo mor, derrubado, encolhido, mais transparente que um pano de peneira e com o rabo entre as pernas, como cão escorraçado às pauladas, puseram-se todos aqueles farricocos a vomitar sapos e cobras.

– Depois disto, o que havemos de fazer, senhor? – perguntaram eles a uma voz.

– Mandar vir serralheiros para que façam ferrolhos para as portas, pedreiros para que tapem bem todas as frinchas e buracos do inferno, a fim de que não entre, não surja nem aporte por aqui o grande insolentão de João Soldado – respondeu Lúcifer.

E assim se fez com toda a pontualidade.

Quando João Soldado conheceu que se aproximava a hora da morte, pegou no seu bornal e encaminhou-se para o céu.

À porta encontrou-se com S. Pedro, que lhe disse:

– Olá! bem vindo! onde é a ida, amigo?

– Para onde vê – respondeu muito ancho João Soldado, entrando.

– Tá. tá, tá! para lá, compadre. Não entra assim qualquer "quidam" no céu como entra para sua casa. Vejamos que merecimentos trás vossemecê?

– Se lhe parece não trago nada – respondeu João Soldado muito sisudo. – Pois servi vinte e quatro anos o rei sem tirar outro proveito mais do que um pão e quatro vinténs. Pareceu-lhe pouco a sua mercê?

– Não basta, amigo – disse S. Pedro.

– Não basta? – replicou João Soldado, dando um passo para diante – veremos.

S. Pedro embargou-lhe a passagem.

– Salta para o bornal– bradou João Soldado.

– João, homem cristão, tem respeito, tem consideração.

– Salta para o bornal! que João Soldado não teme nem deve.

E S. Pedro ou com vontade ou sem ela teve que meter-se dentro do bornal.

– Solta-me João Soldado – disse-lhe ele – considera que as portas do céu estão abertas e sem guarda e que pode entrar por elas alguma alma de cantara.

– Isso era justamente o que eu queria – disse João Soldado, entrando para dentro muito ancho e emproado – pois diga-me senhor S. Pedro, parece-lhe a sua mercê regular que eu depois de ter servido o rei vinte e quatro anos lá em baixo, sem tirar outro proveito mais do que um pão e quatro vinténs, não encontre cá por cima o meu hospital de inválidos?

O caldo de pedra

Um frade andava ao peditório; chegou à porta de um lavrador mas não lhe quiseram aí dar nada. O frade estava a cair com fome, e disse:

– Vou ver se faço um caldinho de pedra.

E pegou numa pedra do chão, sacudiu-lhe a terra e pôs-se a olhar para ela a ver se era boa para fazer caldo. A gente da casa desatou a rir do frade e daquela lembrança. Diz o frade:

– Então nunca comeram caldo de pedra? Só lhes digo que é uma coisa muito boa.

Responderam-lhe:

– Sempre queremos ver isso.

Foi o que o frade quis ouvir. Depois de ter lavado a pedra, disse:

– Se me emprestassem aí um pucarinho.

Deram-lhe uma panela de barro. Ele encheu-a de água e deitou-lhe a pedra dentro.

– Agora se me deixassem estar a panelinha aí ao pé das brasas.

Deixaram. Assim que a panela começou a chiar, disse ele:

— Com um bocadinho de unto é que o caldo ficava de primor.

Foram-lhe buscar um pedaço de unto. Ferveu, ferveu, e a gente da casa pasmada para o que via. Diz o frade, provando o caldo:

— Está um bocadinho insosso; bem precisa de uma pedrinha de sal.

Também lhe deram o sal. Temperou, provou, e disse:

— Agora é que com uns olhinhos de couve ficava, que os anjos o comeriam.

A dona da casa foi à horta e trouxe-lhe duas couves tenras. O frade limpou-as, e ripou-as com os dedos deitando as folhas na panela.

Quando os olhos já estavam afervantados disse o frade:

— Ai, um naquinho de chouriço é que lhe dava uma graça...

Trouxeram-lhe um pedaço de chouriço; ele botou-o à panela, e enquanto se cozia, tirou do alforge pão, e arranjou-se para comer com vagar.

O caldo cheirava que era um regalo. Comeu e lambeu o beiço; depois de despejada a panela ficou a pedra no fundo: a gente da casa que estava com os olhos nele, perguntou-lhe:

— Ó senhor frade, então a pedra?

Respondeu o frade:

— A pedra lavo-a e levo-a comigo para outra vez.

E assim comeu onde não lhe queriam dar nada.

O cego e o mealheiro

Era uma vez um cego que tinha juntado no peditório uma boa quantia de moedas. Para que ninguém lhas roubasse, tinha-as metido dentro duma panela, que guardava enterrada no quintal, debaixo duma figueira. Ele lá sabia o lugar, e quando juntava outra boa maquia, desenterrava a panela, contava tudo e tornava a esconder o seu dinheiro.

Um vizinho espreitou-o, viu onde é que ele enterrava a panela, e foi lá e roubou tudo. Quando o cego deu pela falta, ficou muito calado, mas começou a dar voltas ao miolo para ver se arranjava estrangeirinha para tornar a apanhar o seu dinheiro. Pôs-se a considerar quem seria o ladrão, e achou lá para si que era por força o vizinho. Tratou de vir à fala e disse-lhe:

– Olhe, meu amigo, quero-lhe dizer uma coisa muito em particular, que ninguém nos ouça.

– Então o que é, vizinho?

– Eu ando doente, e isto há viver e morrer; por isso quero-lhe dar parte que tenho algumas moedas enterradas no quintal, dentro duma panela, mesmo debaixo da figueira. Já se sabe, como não tenho parentes, há-de ficar tudo para vossemecê, que sempre tem sido bom vizinho e me tem tratado bem. Ainda tenho aí num buraco mais umas peças e quero guardar tudo junto, para o que der e vier.

O vizinho ouviu tudo aquilo e agradeceu-lhe muito, e naquela noite tratou logo de ir enterrar outra vez a panela do dinheiro debaixo da figueira, para ver se apanhava o resto das moedas ao cego.

Quando bem entendeu, o cego foi ao lugar, encontrou a panela e levou-a para casa, e foi então que se pôs a fazer uma grande algazarra, gritando:

– Roubaram-me tudo! Roubaram-me tudo, senhor vizinho!

E daí em diante guardou o seu dinheiro onde ninguém por mais pintado dava com ele.

O devedor que se fingiu morto

Era uma vez um homem casado que tinha muitas dívidas. Um dia disse à mulher:

– Vou-me fingir morto para depois nos perdoarem as dívidas.

Assim, fingiu-se morto. Vieram os credores e todos lhe perdoaram as dívidas; mas havia um sapateiro a quem devia trinta reis e não lhos quis perdoar. Disse logo que haveria de trabalhar à luz das velas do morto e à noite desse dia foi coser botas para ao pé do púlpito.

Noite alta, os ladrões arrombaram as portas da igreja para irem para lá repartir o dinheiro que levavam. Quando viram o defunto, começaram a dizer:

– Eu corto o nariz.

– E eu uma orelha...

E assim por diante.

E disse um deles:

– Mas, primeiro, vamos repartir o dinheiro!

Quando eles iam começar a repartir, disse o que estava a fingir de morto dentro do caixão:

– Acudi cá, defuntos!

O sapateiro, que estava em cima, pegou numa das formas e exclamou:

– Eles vão todos juntos!

Os ladrões, quando ouviram aquilo, fugiram e deixaram ficar o dinheiro. Depois, o que estava no caixão saiu e começou a repartir o dinheiro entre ele e o sapateiro.

Então os ladrões, quando já estavam longe, perguntaram:

– Qual de nós vai ver se são muitos?

– Vou eu – ofereceu-se um deles.

Quando lá chegou, já os dois tinham repartido o dinheiro e perguntava o sapateiro ao seu devedor:

– E os meus trinta reis?

O ladrão saiu por onde entrou, correndo a bom correr. Esbaforido, disse aos outros da quadrilha:

– São tantos que só tocam trinta reis a cada um!

O galo e a raposa

Um galo, cercado de um serralho de galinhas, pressentiu a aproximação duma raposa e empoleirou-se logo numa árvore, dando sinal para que todas fizessem o mesmo. A raposa chegou à árvore e disse para cima:

– Já vejo que vocês não sabem que há agora uma ordem do Governo para nem os homens nem os bichos fazerem mal uns aos outros!

– Agora!

O galo ouviu bulha a certa distância, olhou e exclamou:

– Acolá vêm uns caçadores!

– De que banda vêm? – perguntou a raposa, assustada.

– De acolá!

Mas neste momento já os cães dos caçadores tinham dado com as pegadas da raposa e corriam para ela.

A raposa deitou a fugir, os cães e caçadores atrás dela, e o galo começou então a gritar:

– Mostra-lhe a ordem! Mostra-lhe a ordem!

O gigante

Era uma vez um coelheiro que tinha três filhas e foi buscar madeira a um carvalho; apareceu lhe um gigante e deu-lhe muito dinheiro e disse-lhe que a primeira pessoa que encontrasse em casa lha havia de levar.

Encontrou a filha mais velha, acompanhou-a ao gigante e este levou-a para um palácio e pôs-lhe um cordão ao pescoço, permitindo-lhe que abrisse todas as portas menos uma.

O gigante foi para uma caçada e ela correu a abrir a porta proibida e viu dentro da casa muita gente morta; fez-se-lhe logo o cordão todo negro. Tornou logo a fechar a porta. Quando o gigante chegou, viu-lhe o cordão negro, matou-a e meteu-a na tal casa.

Quando o homem foi outra vez a buscar madeira apareceu-lhe o gigante e deu-lhe uma bolsa com dinheiro. O homem perguntou-lhe pela filha.

– Está muito triste; devia trazer-lhe a outra filha para a distrair.

O homem levou a segunda filha, e a esta sucedeu o mesmo que à mais velha: morreu às mãos do gigante.

Depois coube a vez à filha mais moça; mas essa quando o gigante se foi embora e lhe disse que abrisse todas as portas menos aquela, tirou o cordão do pescoço.

Viu lá muita gente morta e muita gente ferida e esteve curando as irmãs que ainda não tinham morrido.

O gigante demorou-se muitos dias na caçada e as irmãs foram melhorando; estavam já quase boas quando ele regressou. Não lhe viu o cordão negro e ficou contente.

– Bem, temos mulher – disse o gigante – e foi para outra caçada e ao voltar, também não lhe viu o cordão negro.

Começou a gostar muito dela, e fazer-lhe todas as vontades e um dia ela pediu-lhe para ir levar um pote de açúcar a casa do pai. Ela meteu a irmã mais velha no pote e lá foi o gigante com o pote às costas, enquanto ela do mirante lhe dizia:

– Eu bem te vejo – e ele olhava para trás e ria-se para a moça.

Chegou a casa do pai das raparigas entregou o pote de açúcar e veio-se embora.

Passado algum tempo levou o segundo pote de açúcar em que ia a segunda irmã.

E depois ela, a mais nova, mandou fazer uma boneca vestiu-a com a sua roupa e pô-la lá no mirante e pediu ao gigante que fosse levar um pote de macarrão ao pai, meteu-se dentro do pote e ia dizendo lá dentro:

– Bem te vejo.

O gigante olhava para o mirante, via a boneca e julgava que era ela.

Entregou o pote de macarrão e regressou a correr.

Quando chegou foi ao mirante e encontrou-se com a boneca.

Zangado, dirigiu-se a casa do homem a buscar a filha mais moça para casar com ela mas o pai e as filhas já tinham abalado para outras terras com medo do gigante.

O Grão de Milho

Aquela mulher e aquele homem já estavam casados há muitos anos, mas já perdiam a esperança de terem filhos. Andavam tristes com a falta de uma criança para lhes dar alegria. E um dia o homem suspirou:

– Olha, mulher, quem nos dera um filho nem que fosse do tamanho de um grão de milho! Pelo menos era nosso filho!

E, passado algum tempo, estando o homem a trabalhar no campo, a mulher teve um filho do tamanho de um grão de milho. Ela, receando perdê-lo, meteu-o num copo. À noite, quando o homem chegou, ouviu uma voz miudinha:

– A sua bênção, meu pai!

O homem olhou para todos os lados, sem descobrir donde vinha a voz.

– A sua bênção, meu pai! – ouviu de novo.

Por fim, a mulher mostrou-lhe o filho que acabavam de ter.

Mal dormiram nessa noite os pais do Grão de Milho, enquanto ele, cuja cama era o copo, passou a noite de um sono.

No dia seguinte de manhã, quando o casal acordou, ouviram a voz do filho:

– Vá andando o meu pai para o campo que eu lhe levarei o almoço em sendo a hora!

Ficaram muito espantados.

– Com esse tamanho como é que levas a cesta do almoço?

– Não se preocupem os meus pais, que eu cá me arranjo.

À hora certa, lá se viu a cesta do almoço deslizar pelo caminho fora.

Uns garotos, que andavam por ali na brincadeira, quiseram deitar-lhe a mão, mas escutaram uma voz:

– Arreda! Arreda! Sou capaz de vos dar uma surra!

Como não viram ninguém, os garotos ficaram assustados e fugiram.

Passado pouco tempo, o Grão de Milho entregava a cesta do almoço ao pai, que andava a lavrar com um boi ao arado.

Todo contente com o serviço do filho, enquanto comia, o homem pôs o rapaz numa folha de couve, para ele descansar, mas ele observou-lhe:

– Não me ponha aqui, meu pai. O boi está farto da erva e já olha para esta folha de couve e se a apanha engole-me também...

Porém, o homem já não teve tempo, o boi estendeu a língua e apanhou a couve e o Grão de Milho, engolindo-os.

O que fazer?

De dentro do boi ouviu a voz do filho:

– Ó meu pai, mate o boi que eu pago bem! Não tenha pena do prejuízo!

E assim foi. O homem matou o boi, tirou-lhe a pele e pôs-se a abri-lo, à procura do Grão de Milho, cuja segurança ele tinha desleixado. Deu a volta às tripas e não apareceu, e estava a deitá-las para um canto quando passou uma velha que lhe pediu:

– Já que está a deitar fora essas tripas, bem mas podia dar...

O homem deu-lhas e continuou a procurar pelo filho no corpo do boi, que ia retalhando.

Porém, o Grão de Milho estava metido nas tripas e o pai não dera por ele. Quando viu que a velha o levava, o rapazinho pôs-se a gritar:

– Então? Ó velha do diabo, para onde me levas?

A velha julgou que se tratava de alguma partida do diabo e, ao passar por uma ribanceira, atirou com a cesta por lá abaixo.

Ora isso era o que o rapazinho queria.

Um cão que passava no fundo da ribanceira, viu as tripas espalhadas e achou que era uma prenda para ele. Pôs-se a comer, a comer, a comer até se fartar. De repente, o cão apanhou um susto. Dê dentro da sua barriga saiu uma voz:

– Ó raio do cão, deixa-me sair!

O cão apanhou tal medo que desatou a correr e a ganir, até que caiu e o Grão de Milho saiu-lhe pela boca.

E o rapazinho foi esconder-se num buraquinho da parede, que era, nem mais nem menos, que a entrada de um túnel, que entrava pela terra adentro. E por ele seguiu o Grão de Milho. Sabem aonde foi dar? A um covil de ladrões.

Os ladrões estavam a contar dinheiro, enchendo um grande saco. Logo o rapazinho fingiu voz de fantasma e gritou:

– Fujam, homens desgraçados! Fujam já, senão levo-os para as profundas dos infernos!

Os ladrões julgaram que se tratava de uma alma penada e cada qual saiu para seu lado, deixando ali a saca do dinheiro.

Logo o rapaz começou a empurrar a saca até à porta de sua casa. O pai, quando o viu chegar assim carregado com uma fortuna, ficou de boca aberta.

E o Grão de Milho explicou ao pai:

– Eu bem lhe disse que pagaria o boi, não disse? Aí está o dinheiro...

O guardador de porcos

Era uma vez um homem casado, que tinha um rapaz que lhe guardava os porcos. Indo o rapaz uma vez para o pasto, chegou-se um homem a ele dizendo:

– Vendes-me esses sete porcos?

– Não vendo senão seis; mas o tio há-de dar-me já os rabos e as orelhas deles.

Ficou o contrato feito; o rapaz recebeu o dinheiro, e logo ali cortou as orelhas e os rabos dos seis porcos.

Chegando a um charco, espetou no lodo as orelhas e os rabos dos seis porcos, e enterrou o sétimo porco até meio do corpo. E foi logo a gritar ter com o amo, para o ajudar a vir ajudar a tirar os porcos que tinham caído ao charco.

Veio o amo, e assim que puxou vieram-lhe os rabos na mão; com medo de perder os porcos todos, disse ao criado:

– Vai a casa e diz à minha mulher que te dê duas pás, para puxarmos os porcos cá para fora.

O criado que sabia que o amo tinha duas sacas de dinheiro chegou a casa e disse à mulher:

– O patrão manda dizer que me entregue as duas sacas de dinheiro.

A mulher desconfiou mas o criado disse que ela chegasse ao balcão e perguntasse se eram ou não as duas. Assim! perguntou a mulher a berrar:

– São ambas as duas?

– Sim, dá-lhe as duas – gritou de longe o lavrador.

A mulher não sabia que eram as pás e entregou-lhe as sacas de dinheiro.

O rapaz agarrou-as e foi-se por outro caminho e encontrando um veado, matou-o e tirou-lhe as tripas que meteu por dentro da camisa.

Chegando perto de um homem que conhecia o patrão dele, começou a dizer:

– Deixa-me retalhar as tripas.

E pôs-se a cortar as que tinha do veado; o patrão quando chegou a casa e soube da ladroeira do rapaz, correu atrás dele e encontrou no caminho o seu conhecido a quem perguntou se tinha por ali visto passar o criado.

E o outro:

– Vi, e ele fez uma coisa, tirou as tripas e cortou-as para correr mais depressa.

– Também eu vou fazer o mesmo para o apanhar.

E cortando as tripas caiu morto.

O moço quando soube disso voltou para trás e foi ter com a patroa, que estava viúva e casou com ela.

O João tolo

Havia uma mãe que tinha um filho que era muito tolo. Um dia, a mãe mandou o filho lavar umas tripas ao mar. As tripas eram muitas e ele viu um navio ao longe que ia fazer uma viagem. Começou a chamar com um pano branco na mão.

O navio aproximou-se e os homens que vinham dentro perguntaram-lhe para que é que ele os tinha chamado. Ele disse que era para eles o ajudarem a lavar as tripas. Deram-lhe uma grande sova e ensinaram-no que só deveria dizer: "Boa viagem, boa viagem!"

O moço foi para casa e contou à mãe o que lhe tinha acontecido. Mas a mãe achou que ele devia era dizer: "Haja sangue, haja sangue!"

O tolo ia depois disto por uma estrada adiante e entrou numa igreja onde se estava a celebrar um casamento. Pôs-se à porta a exclamar:

– Haja sangue! Haja sangue!

E o noivo, ouvindo dizer isto, pegou num cacete para lhe dar uma coça. O tolo a fugir e o noivo a explicar-lhe que devia era dizer: "Sejam felizes, sejam felizes."

Foi outra vez por uma estrada adiante e viu um enterro numa igreja. Pôs-se a cantar e a dançar e a dizer:

– Sejam felizes! Sejam felizes!

Um convidado aborreceu-se daquele barulho, veio cá fora com um pau, deu-lhe uma cacetada e recomendou-lhe que ele devia ajoelhar-se e rezar.

Foi o tolo para casa e contou tudo à mãe. E ela disse-lhe que ele, de fato, devia rezar.

No dia seguinte, o tolo viu um burro a dormir. Ajoelhou-se ao pé dele e rezou por muito tempo.

Em casa, depois, disse à mãe o que tinha feito. Mas a mãe recomendou-lhe que quando visse um burro a dormir lhe espetasse uma faca.

No dia seguinte, topou um homem a ressonar e pensou:

– Deixa, que desta vez vou fazer como a mãe quer.

Puxou de uma navalha e enterrou-lha no peito. Quando disse à mãe o que fizera, ela, para não ter mais desgostos, internou o João tolo num hospital de doidos, onde morreu.

O mais claro do mundo

Era uma vez um rei que abusava do poder que tinha. Era o que hoje se chama um ditador. Em qualquer instante procurava meter em trabalhos um qualquer cidadão do seu reino através de um problema de difícil solução. Perguntou a um:

– O que é o mais claro do mundo?

E a ameaça era sempre a mesma:

– E se não resolves isto num instante, mando-te matar!

– O mais claro do mundo é a luz do dia!

– Qual quê! O mais claro do mundo é o leite! Vais morrer amanhã por teres dado uma resposta errada!

Porém, deixou que ele passasse essa noite com a família, que no dia seguinte mandaria os soldados buscá-lo.

Ora, nessa noite, o rei saiu do seu palácio e foi tratar de uns assuntos. O homem, que estava à espreita, pegou numa bacia cheia de leite e pô-la mesmo diante da porta, por onde o rei teria forçosamente de passar quando regressasse. E, de fato, quando, horas mais tarde, o rei ia a entrar no palácio, tropeçou na bacia e caiu, ficando encharcado em leite.

Levantou-se o rei a espumar de raiva, dizendo que havia de mandar matar quem lhe pregara tal partida ou fora descuidado àquele ponto. Ele era tão mau que, por qualquer coisa, falava logo em mandar matar.

Com o que o rei não contava era ter por ali perto o homem a quem pusera o problema e que, com o ar mais calmo do mundo, confessou:

– Saiba Vossa Majestade que fui eu que coloquei aí a bacia com leite.

– O quê?! Ainda por cima te gabas?!

– Meu senhor, como era de noite e receava que Vossa Majestade pudesse tropeçar no escuro, e dado que me tinha dito que o mais claro era o leite, pus aí essa bacia com leite para lhe iluminar o caminho...

O rei, enquanto se levantava, pensou na resposta e acabou por concordar com o homem esperto. Depois até lhe pediu desculpa e deu-lhe uma bolsa de dinheiro.

Dizem que o rei se emendou e passou a tratar as pessoas com o respeito que elas merecem. Vocês acreditam? Por mim...

O Manuel Vaz

Manuel Vaz era filho de uma rica lavradeira serra, que desejou ver o seu filho casado, por este ser muito néscio. A pobre mãe sabia que se ele ficasse só no mundo seria um desgraçado e por isso desejou casá-lo com uma rapariga do sítio, pobre, muito pobre, mas honesta e trabalhadeira.

As duas mães, pois eram viúvas, combinaram o casamento, e o rapaz, um dia, foi avisado que o seu casamento seria com a sua vizinha Emília.

No dia seguinte, disse a mãe ao filho:

– Vai visitar a tua noiva, mostra-te respeitoso, sem teimosias, e não faças algum disparate.

O rapaz foi visitar a noiva. Mãe e filha receberam-no muito bem, e foram buscar uma tijela de água-mel e um pão para ele comer alguma coisa.

Todos os brutos são uns comilões sem propósitos. O parvo, com uma enorme voracidade, atirou-se à água-mel e ao pão, desaparecendo tudo num instante. Então, a noiva foi buscar mais água-mel e quando voltou já ele tinha comido outro pão que a mãe, entretanto, lhe servira. Assim, em pouco tempo, tinha ele papado quatro tigelas de água-mel e quatro pães. Então o moço levantou-se desesperado e saiu sem se despedir. Não saiu, no entanto, tão depressa que não ouvisse a filha a dizer para a mãe:

– E quer a minha mãe que eu me case com este alarve!...

Logo que a mãe do parvo o viu recolher a casa de mau modo, perguntou-lhe o que acontecera.

– Quiseram que eu comesse quatro tigelas de água-mel e quatro pães, e eu tive de me sujeitar para que não me chamassem teimoso. E ainda por cima ela ficou a dizer para a mãe que eu era um alarve!

– Devias ter agradecido, mas não comer tanto! Amanhã vai lá e mostra-lhe o que luz.

O rapaz voltou no dia seguinte e pelo caminho perguntou a um sapateiro o que era que luzia. O sapateiro respondeu:

– Leva uma boa porção de pez, que não vendo, mas dou!

E deu ao parvo uma porção de pez, que ele guardou no bolso das calças.

Estava calor, e quando o parvo chegou a casa da noiva ia derretido parte do pez. Ele, logo que viu a noiva, meteu a mão no bolso das calças e disse:

– Trago aqui aquilo que luz!

E como não podia tirar a mão direita foi em seu auxílio com a esquerda, sempre a dizer:

– Tenho a mão pegada àquilo que luz.

A rapariga zangou-se e pô-lo fora da casa, chamando-lhe homem sem vergonha.

Quando o parvo informou a mãe do que lhe sucedera com a noiva, a mulher ficou consumidíssima da tolice do filho. Apenas lhe disse:

– Ó filho, estás cada vez pior, cada vez mais parvo! Eu referia-me ao dinheiro, que é a luz que ilumina o mundo. Amanhã volta lá, faz-lhe umas carícias, atira-lhe o rabo do olho e passa-lhe a mão pela cara.

No dia seguinte, foi ele ao curral, tirou os olhos a cinco cabras, guardou-os no bolso e foi visitar a noiva. Mal a viu, atirou-lhe com os olhos das cabras e passou-lhe pela cara as mãos cheias de sangue. A rapariga indignou-se, repreendeu-o asperamente e pô-lo fora de casa.

Quando a mãe do parvo foi por ele informada do que fizera, respondeu:

– Não fazes senão brutalidades! Volta lá e diz-lhe palavras ternas e doces e coisinhas cá de dentro. Assim conseguirás fazer as pazes com ela.

Voltou o parvo, e como a noiva ouvira à mãe uma repreensão por não lhe desculpar as tolices, recebeu-o bem.

– Como vai a sua mãe, está boa de saúde?

Ele respondeu:

-Açúcar.

– E o senhor, passa bem?

Ele respondeu:

– Mel.

– Não esteja a brincar! Já acabou a lavoura do cercado?

Respondeu o parvo:
– Marmelada.
Enfim, a cada pergunta respondia designando o nome dos doces que conhecia, e depois entrou com as "coisinhas, cá de dentro", a saber: fígado, cachola, pulmões, coração, tripas, etc.
A noiva, cansada de o aturar, comentou apenas:
– Vá para casa criar juízo!
A mãe do parvo não insistiu. Estava tratado o casamento e ela resolveu apressá-lo, antes que a noiva se arrependesse.
Uma manhã, mandou a mulher o parvo ao moinho com uma carga de trigo e recomendou-lhe que dissesse ao moleiro que fizesse o farelo largo, pois era para fabricar pão branco. Chegou o moço ao moinho, esqueceu-se da recomendação da mãe, e o moleiro fabricou a farinha como entendeu. Quando o parvo voltava com os sacos de farinha, pelo caminho lembrou-se da recomendação. Descarregou os sacos, pegou-lhes pelas orelhas e despejou a farinha num cerro, dizendo:
– Vai-te farinha, vem farelo! Vai-te farinha, vem farelo!
E assim foi falando, até que toda a farinha se foi embora com o vento. Viu-se o parvo sem farinha nem farelo. Receoso de que a mãe lhe ralhasse, prendeu a cavalgadura ao tronco de uma árvore e deitou-se à sombra, adormecendo.
Passaram por ali uns rapazes, que, vendo-o adormecido, combinaram-se e fizeram-lhe uma coroa na cabeça, com uma navalha.
Manuel Vaz, quando acordou, levou casualmente a mão à cabeça e encontrou a coroa.

– Ora esta! Não julgava eu que era o Manuel e não me saio o prior cá da freguesia?!... Isso pode lá ser! Vou a casa do prior, bato à porta e pergunto se o Sr. Prior está em casa; se não estiver em casa, então sou eu o Sr. Prior!
E foi.
– Está em casa o Sr. Prior?
– Não está – responderam-lhe.
– Está visto, sou eu o Sr. Prior.
Um criado ouviu estas palavras e pôs-se a rir. Então disse o parvo:
– Vou fazer nova experimentação: vou a minha casa e pergunto se estou em casa; se não estiver, sou eu o Sr. Prior!
– Está em casa o Sr. Manuel Vaz?
A mãe veio à porta e disse:
– De cada vez estás mais bruto! A perguntares se estás em casa, sendo tu quem bate à porta!
– Eu sou o Sr. Prior! Veja a minha coroa – respondeu, mostrando a cabeça.
– És um desgraçado! Todos gozam contigo! Onde puseste o farelo e a mula, infeliz?
O parvo contou o que lhe tinha acontecido. A mãe teve então de mandar outra carga de trigo por um criado, que, na volta, trouxe a mula.
Como já se disse, a mãe do Manuel Vaz era muito rica, mas morava na serra, por onde se anda vestido muito rusticamente. Por isso não é de admirar que, na manhã da boda, Manuel Vaz ficasse a ver, pela primeira vez, umas ceroulas, que a mãe lhe mandara fazer. Por muito tempo

esteve a pensar para que serviria aquela peça de roupa. Enfim, pelo formato viu que servia para as pernas. Não sabia, porém, se era para vestir sobre as calças ou por baixo das mesmas. Foi perguntar à mãe, que lhe deu a verdadeira explicação.

A boda foi celebrada com pompa e serviram de padrinhos dois ricos lavradores, aos quais a mãe encarregou de vigiar o filho.

Na volta da igreja, queixou-se o Manuel Vaz aos padrinhos de que tinha de satisfazer uma necessidade.

– Vá satisfazer a necessidade lá em baixo, naqueles corgos, que aqui o esperamos.

Ele assim fez: desabotoou as calças, mas esqueceu-se de que tinha ceroulas, e satisfez a necessidade com elas vestidas. Quando se ergueu, não viu o que esperava e correu para os padrinhos dizendo:

– Fiz e não fiz.

Os padrinhos recomendaram-lhe que se calasse e não entraram em explicações mais minuciosas.

Ao jantar da boda, havia grande contentamento e satisfação. O nosso Manuel Vaz, ainda apreensivo pelo que lhe sucedera no caminho, meteu a mão entre as ceroulas e verificou que, pelo caminho, tinha feito alguma coisa. Então mostrou a mão suja e disse em voz alta:

– Então, padrinhos, fiz ou não fiz?

Ninguém podia suportar o mau cheiro e entenderam todos os assistentes que o melhor era rir, fazendo grande algazarra e muito barulho. Por sobre todo este *brouhaha* ouviam-se distintamente as palavras de Manuel Vaz:

– Fiz ou não fiz?

O moleiro

Trabalhava no seu moinho um moleiro, quando chegou o rei e a comitiva.

– Há dois dias que nos perdemos na floresta e estamos cheios de fome... Tens alguma coisa que nos sirvas?

– Tenho pão de cevada e mel.

Ficaram todos muito contentes. O moleiro foi buscar um tabuleiro de pão, que desapareceu num momento.

– Venha o mel! – ordenou o rei.

– O mel comeram os senhores com o pão...

O rei compreendeu a resposta do moleiro: não há melhor apetite do que a fome – até o pão de cevada sabe a mel!

O pássaro Chica-Amorica

Era uma vez um pássaro chamado Chica-Amorica. Tinha três filhos e estava num alto carvalho a cantar. Chegou a raposa e disse:

– Quem está nesse alto carvalho a cantar?

– É Chica-Amorica com seus filhos três!

Disse a raposa:

– Pois deita cá um, senão alço o meu rabo, corto o carvalho e como Chica-Amorica com seus filhos três!

Ela deitou-lho e a raposa comeu-o. Entrou a chorar muito.

Ao outro dia tornou a vir a raposa e disse-lhe:

– Quem está nesse alto carvalho a chorar?

Ela disse-lhe:

– Chica-Amorica com seus filhos dois!

A raposa disse-lhe:

– Deita cá um, senão alço o rabo, corto o carvalho e como Chica-Amorica com seus filhos dois.

Chica-Amorica entrou a chorar e deitou-lhe outro filho. Ao outro dia, muito cedo, o mocho, que era compadre de Chica-Amorica, passou por lá e admirou-se de a ver a chorar. Perguntou-lhe:

– Quem está nesse alto carvalho a chorar?

– Chica-Amorica e seu filho único!

– E os outros?

– Veio cá a raposa e disse-me que lhe deitasse um filho, senão que alçava o rabo, cortava o carvalho e que me comia a mim e aos meus filhos. E cada dia me comeu um e não tarda muito que ela venha para me buscar o outro.

O mocho disse-lhe:

– Não te aflijas. – E ensinou-lhe o que havia de responder à raposa, e ficou por ali a passear. Chica-Amorica pôs-se a cantar. Nisto vem a raposa:

– Quem está nesse alto carvalho a cantar?

E o pássaro:

– Chica-Amorica e seu filho único!

A raposa:

– Deita cá o teu filho, senão alço o rabo, corto o carvalho e como Chica-Amorica e seu filho único!

Chica-Amorica respondeu-lhe:

– Rabo de raposa não corta carvalho, só corta o machado!

E a raposa:

– Isso são conselhos do teu compadre mocho!

O mocho apareceu e disse:

– Pois!

A raposa:

– Põe um pé no chão e outro no ar!
O mocho disse:
– Pois!
E pôs um pé no chão e outro no ar.
Disse a raposa:
– Fecha um olho e abre o outro!
– Pois!
E o mocho fechou um olho.
A raposa, doce:
– Fecha os dois olhos!
– Pois!
E o mocho fechou os olhos.
Era o que a raposa queria; engoliu o mocho e deitou a correr, dizendo:
– Mocho comi!
O mocho, que tinha ficado inteiro dentro da boca da raposa, disse-lhe:
– Berra mais alto para a minha gente saber novas minhas!
A raposa abriu muito a boca e gritou:
– Mocho comi!
O mocho saiu pela boca e exclamou:
– A outro, a outro, menos a mim!

O príncipe com orelhas de burro

Era uma vez um rei que vivia muito triste por não ter filhos e mandou chamar três fadas para que fizessem com que a rainha desse um filho.

As fadas prometeram-lhe que os seus desejos seriam satisfeitos e que elas viriam assistir ao nascimento do príncipe.

Ao fim de nove meses, nasceu-lhe um filho e as três fadas fadaram o menino.

A primeira fada disse:

– Eu te fado para que sejas o príncipe mais formoso do mundo.

A segunda fada disse:

– Eu te fado para que sejas muito virtuoso e entendido.

A terceira fada disse:

– E eu te fado para que te nasçam umas orelhas de burro.

Foram-se as três fadas e logo apareceram ao príncipe as orelhas de burro. O rei mandou sempre usar um gorro para lhe cobrir as orelhas.

Crescia o príncipe em formosura e ninguém na corte sabia que ele tivesse as tais orelhas de burro. Chegou a idade em que ele tinha de fazer a barba; e então o rei mandou chamar o barbeiro e disse-lhe:

– Farás a barba ao príncipe, mas se disseres a alguém que ele tem orelhas de burro, morrerás.

Andava o barbeiro com grandes desejos de contar o que vira, mas com receio de que o rei o mandasse matar, calava consigo.

Um dia foi-se confessar e disse ao padre:

– Eu tenho um segredo que me mandaram guardar, mas se eu não o digo a alguém morro, e se o digo o rei manda-me matar. Diga, padre. o que hei-de fazer?

Respondeu-lhe o padre que fosse a um vale, que fizesse uma cova na terra e dissesse o segredo tantas vezes até ficar aliviado desse peso e depois tapasse a cova com terra.

Passado algum tempo nasceu um canavial onde o barbeiro tinha feito a cova. Os pastores quando ali passavam com os seus rebanhos cortavam canas para fazer gaitas, mas quando tocavam nelas saíam umas vozes que diziam:

"Príncipe com orelhas de burro."

Começou a espalhar-se esta notícia por toda a cidade e o rei mandou vir à sua presença um dos pastores para que tocasse na gaita; e saíam sempre as mesmas vozes que diziam:

"Príncipe com orelhas de burro."

O próprio rei também tocou e sempre ouvia as vozes. Então o rei mandou chamar as fadas e pediu-lhes que tirassem as orelhas de burro ao príncipe.

"Príncipe com orelhas de burro."

Vieram elas e mandaram reunir a corte toda e ordenaram ao príncipe que tirasse o barrete; e qual não foi o contentamento do rei, da rainha e do príncipe ao verem que já lá não estavam as tais orelhas de burro!

O rei e o conde

Um rei e um conde foram fazer uma caçada. Aconteceu numa manhã de nevoeiro e nessa altura fizeram uma aposta sobre quem ia adivinhar o segredo maior do lavrador.

Apostaram a vida um do outro: aquele que ganhasse tinha direito de matar o que perdesse.

Chegaram ao pé do lavrador.

– Deus vos salve, lavrador!

– Vinde com Deus, reais senhores!

Pergunta-lhe o conde:

– Que vai de neve na serra?

– Os anos o requerem – resposta do lavrador.

Pergunta-lhe o conde:

– Que vai de muitos?

Responde o lavrador:

– Muito poucos.

Pergunta-lhe o conde:

– Quantas vezes se vos ateou fogo em casa?

Resposta do lavrador:
– Três.
Ficou o rei sem saber nada.
Diz o conde para o lavrador:
– Pergunta-me tu a mim.
Pergunta o lavrador:
– Que vai de neve na serra, Sr. Conde?
– Os anos o requerem, que é os meus cabelos brancos.
– E que vai de muitos?
– Muito poucos, que é falta dos meus dentes.
– Quantas vezes se tem apegado fogo em casa?
– Na minha nenhuma, porque não tenho filhos, mas na vossa três, porque três filhos que tendes já estão casados: de cada um que se casou foi um fogo que se apegou.

E ao dizer estas palavras, virou-se para o rei:
– Vedes, real senhor: tenho direito à vossa cabeça!

O sabor dos sabores

Era uma vez um rei que tinha três filhas muito lindas. Um dia, em que estavam a jantar, o rei perguntou à mais velha:

– Diz-me, minha filha, como gostas de mim.
– Gosto tanto do papá como gosto do Sol!

A outra respondeu:
– Gosto tanto do papá como gosto dos meus olhos!

E a mais nova disse que gostava tanto do pai como a água do sal.

– Tu dizes-me isso?! És muito ingrata!

E disse-lhe que a havia de mandar matar. Depois chamou um criado e ordenou-lhe que no dia seguinte a levasse ao monte e a matasse.

– Matar a princesa?
– Sim, foi isso que eu mandei! É uma ingrata!

Ao outro dia, quando o criado ia a sair com a filha mais nova, o rei entregou-lhe uma bandeja e uma toalha.

– Aqui me trarás os seus olhos e a sua língua.

O criado teve pena da princesa e lembrou-se de matar uma cadelinha que levava consigo. Assim fez, arrancou-lhe os olhos e a língua, pôs tudo na bandeja e levou ao rei. A menina, essa, seguiu por uma estrada fora e foi bater à porta de um outro rei e lá perguntou se precisavam de uma criada. Precisavam e ficou.

Passado algum tempo, o rei em casa de quem a princezinha servia deu um banquete. E ela lá conseguiu que a comida destinada ao rei seu pai, também convidado, fosse posta à parte.

Todos os comensais acharam bom o jantar e comeram regaladamente, à exceção do pai dela. O rei anfitrião estranhou e perguntou-lhe se achava má a comida. Ele dizia que só não lhe apetecia comer. Mas quem descobriu tudo foi a princesa quando se apresentou diante do pai e lhe perguntou:

– A comida não tem sal, pois não?

– Em boa verdade, fiquei desconsolado porque o que comi não tinha pitada de sal – confessou o rei convidado.

– Ah, meu pai, não se lembra da sua filha mais nova? Não se lembra que eu lhe disse que gostava de si como a água do sal?

O pai, lembrando-se, suspirou:

– Ah, minha querida filha, tinhas razão! Perdoa-me!

Abraçou-se a ela e nisto caiu para o lado e morreu.

O sapateiro pobre

Havia um sapateiro que trabalhava à porta de casa e todo o santíssimo dia cantava. Tinha muitos filhos, que andavam rotinhos pela rua, pela muita pobreza, e à noite; enquanto a mulher fazia a ceia, o homem puxava da viola e tocava os seus batuques muito contente.

Ora defronte do sapateiro morava um ricaço, que reparou naquele viver e teve pelo sapateiro tal compaixão que lhe mandou dar um saco de dinheiro, porque o queria fazer feliz.

O sapateiro lá ficou admirado. Pegou no dinheiro e à noite fechou-se com a mulher para o contarem. Naquela noite, o pobre já não tocou viola. As crianças, como andavam a brincar pela casa, faziam barulho e levaram-no a errar na conta, e ele teve de lhes bater. Ouviu-se uma choradeira, como nunca tinham feito quando estavam com mais fome. Dizia a mulher:

– E agora, que havemos nós de fazer a tanto dinheiro?

– Enterra-se!

– Perdemos-lhe o tino. É melhor metê-lo na arca.

– Mas podem roubá-lo! O melhor é pô-lo a render.

– Ora, isso é ser onzeneiro!

– Então levantam-se as casas e fazem-se de sobrado e depois arranjo a oficina toda pintadinha.

– Isso não tem nada com a obra! O melhor era comprarmos uns campinhos. Eu sou filha de lavrador e puxa-me o corpo para o campo.

– Nessa não caio eu.

– Pois o que me faz conta é ter terra. Tudo o mais é vento.

As coisas foram-se azedando, palavra puxa palavra, o homem zanga-se, atiça duas solhas na mulher, berreiro de uma banda, berreiro da outra, naquela noite não pregaram olho.

O vizinho ricaço reparava em tudo e não sabia explicar aquela mudança. Por fim, o sapateiro disse à mulher:

– Sabes que mais? O dinheiro tirou-nos a nossa antiga alegria! O melhor era ir levá-lo outra vez ao vizinho dali defronte, e que nos deixe cá com aquela pobreza que nos fazia amigos um do outro!

A mulher abraçou aquilo com ambas as mãos, e o sapateiro, com vontade de recobrar a sua alegria e a da mulher e dos filhos, foi entregar o dinheiro e voltou para a sua tripeça a cantar e a trabalhar como de costume.

O surrão

Era uma vez uma pobre viúva, que tinha uma filha que nunca saía da sua beira. Umas raparigas da vizinhança foram pedir-lhe que na véspera de S. João deixasse ir a sua filha com elas para se banharem no rio. A moça foi com o rancho. Antes de se meterem na água, disse-lhe uma amiga:

– Tira os brincos e põe-nos em cima duma pedra, que te podem cair à água.

Assim fez. Quando estava a brincar na água, passou um velho e, vendo os brincos em cima da pedra, pegou neles e meteu-os no surrão.

A rapariga ficou muito aflita quando viu aquilo e correu atrás do velho, que entretanto se metera a caminho e já ia longe. Quando o conseguiu alcançar, o velho disse-lhe que entregava os brincos, contanto que ela os fosse buscar dentro do surrão. A rapariga foi procurar os brincos e o velho fechou o surrão com ela dentro. Depois deitou-o às costas e foi-se embora.

Quando as outras moças apareceram sem a sua companheira, a pobre viúva lamentou-se sem esperança de tornar a achar a filha.

Entretanto, o velho, ao passar a serra, abriu o surrão e disse para a pequena:

– Daqui em diante vais ajudar-me a ganhar a vida. Eu ando pelas ruas a pedir e quando disser:

Canta, surrão,
Senão levas com o bordão

tens de cantar mesmo. Não te esqueças disto, ouviste?

Por toda a parte por onde o velho passava todos ficavam admirados daquela maravilha. Chegou a uma terra onde já se sabia de um velho que fazia cantar um surrão, e muita gente o cercou para se certificar. O velho, depois que viu haver já bastantes curiosos, levantou o pau e ordenou:

Canta, surrão,
senão levas com o bordão

Ouviu-se então um canto que dizia:

Estou metida neste surrão,
Onde a vida perderei
Por amor dos meus brinquinhos
Que eu na fonte deixei.

As autoridades tiveram conhecimento daquele caso e trataram de ver onde é que o velho pousava. Foram ter com uma vendedeira, que se prestou a examinar o surrão quando o velho estivesse a dormir. Assim se fez.

Lá encontraram, então, a pobre rapariga, muito triste e doente, que contou tudo, e soube-se do caso da viúva a quem tinham roubado a filha.

A pequena saiu com as autoridades, que mandaram encher o surrão de todas as porcarias. De sorte que, quando o velho foi ao outro dia mostrar o surrão que cantava, este não cantou. Deu-lhe com o bordão, e então tudo o que tinha dentro se derramou. O povo obrigou o velho a lamber tudo, sendo dali levado para a cadeia, enquanto a menina era entregue à mãe.

O urso

Houve em tempos dois caçadores que não tendo cheta foram a um estabelecimento ajustar a venda de uma pele de urso. Encerrado o contrato foram para o mato esperar o urso.

Repentinamente viram-se os dois caçadores em presença de um formidável urso: um subiu uma árvore à pressa enquanto o outro, não tendo tempo de se escapar, deitou-se no chão e fingiu-se morto.

O urso aproximou-se deste e pôs-se a cheirá-lo até que o largou e desapareceu.

Desceu o companheiro da árvore e perguntou ao que estava deitado o que lhe dissera o urso, pois o vira por muito tempo falar-lhe ao ouvido.

– Disse-me, respondeu o amigo, ser sempre negócio muito arriscado vender a pele de um urso vivo.

Os corcundas

Havia numa terra dois corcundas que se conheciam e eram amigos; de uma vez um deles perdeu-se numa estrada e foi ter ao meio duma floresta onde umas bruxas estavam fazendo as suas danças, e diziam:

– *Entre quintas e sextas e sábados.*

O corcunda foi-se aproximando, e viu ali muito de comer e fizeram-no dançar. Como estava para dar meia-noite disseram:

– O que se há-de fazer a este homem, quando nos formos embora?

– Dê-se-lhe muito dinheiro.

Outras disseram:

– Tire-se-lhe a corcunda.

Ele apanhou as duas coisas, e foi-se embora.

Quando chegou à sua terra, o outro corcunda perguntou-lhe quem é que o tinha endireitado. O amigo contou-lhe tudo e disse-lhe onde era a floresta.

O outro corcunda avistou as mesmas luzes e viu a mesma dança das bruxas; e assim as ouviu cantar:

– *Entre quintas e sextas e sábados.*

O corcunda começou então a dizer as mesmas palavras e acrescentou:

– *E os domingos, se for necessário.*

As bruxas desesperadas por lhes falarem no domingo, foram ter com ele, deram-lhe muitos repelões e disseram:

– O que havemos de fazer a este homem?

– Ponha-se-lhe a corcunda, que o outro aqui deixou.

E assim ele se foi embora com uma giba adiante e outra atrás.

Os dez anõezinhos da Tia Verde-Água

Era uma mulher casada, mas que se dava muito mal com o marido, porque não trabalhava nem tinha ordem no governo da casa; começava uma coisa, e logo passava para outra, tudo ficava em meio, de sorte que quando o marido vinha para jantar não tinha a comida pronta, e à noite nem água para os pés nem a cama arranjada. As coisas foram assim, até que o homem lhe pôs as mãos e ia-a tocando, e ela a passar muito má vida.

A mulher andava triste por o homem lhe bater, e tinha uma vizinha a quem se foi queixar, a qual era velha e se dizia que as fadas a ajudavam.

Chamavam-lhe a Tia Verde-Água:

– Ai, tia! Vossemecê é que me podia valer nesta aflição.

– Pois sim, filha; eu tenho dez anõezinhos muito arranjadores e mando-tos para tua casa para te ajudarem.

E a velha começou a explicar-lhe o que devia fazer para que os dez anõezinhos a ajudassem: que quando pela manhã se levantasse fizesse logo a cama, em seguida acendesse o lume, depois enchesse o cântaro de água, varresse a casa, ponteasse a roupa e no intervalo em que cozinhasse o jantar fosse dobrando as suas meadas, até o marido chegar. Foi-lhe assim indicando o que havia de fazer, que em tudo isto seria ajudada sem ela o sentir pelos dez anõezinhos.

A mulher assim o fez, e se bem o fez melhor lhe saiu. Logo à boca da noite foi a casa da Tia Verde-Água agradecer-lhe o ter-lhe mandado os dez anõezinhos, que ela não viu nem sentiu, mas porque o trabalho lhe correu como por encanto.

Foram-se assim passando as coisas, e o marido estava pasmado por ver a mulher tornar-se tão arranjadeira e limpa. Ao fim de oito dias, ele não se teve que não lhe dissesse como ela estava outra mulher, e que assim viveriam como Deus com os anjos.

– Ai, minha tia, os seus dez anõezinhos fizeram-me um serviço; trago agora tudo arranjado, e o meu homem anda muito meu amigo. O que eu lhe pedia agora, é que mos deixasse lá ficar.

A velha respondeu-lhe:

– Deixo, deixo. Pois tu ainda não viste os dez anõezinhos?!

– Ainda não; o que eu gostaria de os ver!

– Olha para as tuas mãos e os teus dedos é que são os dez anõezinhos.

A mulher compreendeu a coisa, e foi para casa satisfeita consigo por saber como é que se faz luzir o trabalho.

Os dois compadres

Era uma vez dois compadres – um era muito rico e o outro muito pobre. Este, querendo apanhar dinheiro ao rico, disse para a mulher:

– Olha, tu compras uma perdiz, eu vou à caça com o compadre e levo de cá um dos coelhos que aqui temos. Lá na caçada dou-lhe um recado para ele te vir cá trazer, que é para tu cozinhares a perdiz. Depois o compadre há-de querer comprar-me o coelho e eu peço muito dinheiro por ele.

Assim foi. Na caçada, o pobre disse para o coelho:

– Olha, tu vai lá à minha mulher e diz-lhe que arranje uma perdiz guisada e que faça conta com o nosso compadre.

Deu um sopapo ao coelho, que desatou a fugir. O compadre rico estava ansioso de ir a casa do outro a ver se o coelho tinha dado o recado.

Quando chegaram lá dos matos, disse o homem para a mulher:

– Cuido que falta pouco para o guisado estar na mesa. O nosso coelho trouxe o recado, não foi?
– Pois não havia de trazer?! A perdiz está pronta e contava já com o compadre, tal como o coelho me recomendou da tua parte.
Pediu o rico ao pobre:
– Compadre, venda-me o seu coelho!
– Isso é que eu não vendo, que ele faz-me os mandadinhos todos.
– Compadre, venda-me o coelho, que eu dou-lhe muito dinheiro por ele.
Vendeu-lhe o coelho bem vendido. Claro, entregou-lhe um dos que tinha na coelheira. E a primeira vez que o compadre rico mandou o coelho a um recado, nunca mais lhe apareceu.
Entretanto, quando estava para acabar o dinheiro ao pobre, disse este para a mulher:
– Temos de ver se arranjamos outra marosca para apanharmos bagos ao nosso compadre. Olha, tu arranjas a burra velha, eu junto-lhe dinheiro com a ração e depois dizemos que ela deita pelo rabo muito dinheiro e que já somos muito ricos!
Assim foi. Um dia, na caçada, o compadre rico reparou que a burra deitava dinheiro pelo rabo.
– Compadre, venda-me a burra!
– Isso não vendo eu, que já estou muito rico e quando preciso de dinheiro ela é que mo dá. Não vendo. E não se lembra do coelho? Vendi-lho por uma bagatela e logo o deixou fugir!

– Compadre, venda-me a burra.

Tanto teimou que ele lha vendeu por muito dinheiro.

Assim, foi para casa o compadre rico com a burra velha comprada e em casa deu-lhe uma boa ração. Mas a besta não largava dinheiro nenhum. Passados dias, era a mesma coisa, e foi reclamar:

– Ó compadre, a burra não faz dinheiro nenhum.

– Eu é que sou um grande burro em lhe vender as coisas. Não sabe tratar delas e depois diz que o engano. É boa!

Ia-se outra vez acabando o dinheiro, quando se lembrou:

– Olha lá, ó mulher, tu arranjas um papo de peru e mete-lhe dentro as tripas do animal. Põe o papo à cintura debaixo do avental e eu dou-te uma navalhada. No papo, está bem de ver! Tu cais logo morta e com as tripas de fora! Depois toco numa gaitinha que vou comprar e tu levantas-te!

Preparada a coisa, convidou o compadre para outra caçada.

– Ó mulher, arranja aí o alforge num instante.

– Não basta ser todos dias esta seca, senão andas sempre às pressas!

– Cala-te, mulher, não resmungues!

– E ainda terei de me calar? Pois não faço nada!

Armou-se uma grande discussão e ele deu-lhe umas navalhadas. As tripas saltaram logo e a mulher deixou-se cair redonda no chão. O compadre ficou todo aflito:

– Ó desgraçado, olha o que fizeste! Mataste a tua mulher!

— Não se incomode. Tenho aqui uma gaita que dá vida aos mortos!

Começou o pobre a tocar uma musiquinha e a mulher levantou-se logo. E o rico de boca aberta:

— Compadre, venda-me a gaita!

— Qual vender, nem qual diabo!

E tudo era lembrar-lhe o coelho e mais a burra. Por fim, vendeu a gaita. Foi o compadre rico para casa, armou uma grande briga com a mulher e mandou-lhe uma navalhada na barriga. Caída ela por terra, morta, e ele pega na gaitinha e vá de tocar, tocar a bom tocar. Mas a mulher não se mexia.

Veio a Justiça. Ele pôs-se a contar o sucedido com o compadre pobre e levaram este preso. No caminho, os guardas quiseram descansar, amarraram o pobre a uma árvore e deitaram-se a dormir a sesta.

Passou um pastor com uns carneiros e perguntou-lhe o que era.

— Ora, querem à força que eu me case com a princesa, mas eu não quero. Por isso me levam preso.

Diz-lhe o pastor:

— Bem podias casar com a princesa e não te levavam para a forca.

E o preso:

— E tu estás interessado em casar com ela? Queres vir para o meu lugar?

— Pois quero.

E mudaram. Depois, o pastor, amarrado à árvore, começou a gritar:

— Eu já quero! Eu já quero!

— Já queres o quê? — perguntaram os guardas, acordando, estremunhados.

— Já quero casar com a princesa!

— Ora essa! Explica lá o que estás a dizer!

E ele contou tudo.

— Bem — disse o chefe dos guardas -, soltem lá esse homem!

Ele foi-se embora. O outro ia todo contente com os carneiros do pastor quando encontrou o compadre, que lhe perguntou:

— Então tu não foste preso?

— Eu não, pois se a minha gaita dá vida aos mortos, como havia de ser preso?

— Então esses carneiros quem tos deu?

— Ora, arranjei-os eu.

— Mas como?

— Olha, anda comigo, que eu te ensino como nascem carneiros!

Levou-o para o pé de um pego, onde a água era muito funda. Perguntou-lhe se queria um carneirinho ou um carneirão. O rico disse que um carneirão. Então o pobre agarrou nele e disse com voz forte:

Cada mergulhinho,
um carneirinho.
Cada mergulhão,
um carneirão.

E atirou com ele para dentro do pego e safou-se com o rebanho, que logo foi vender na feira de S. Mateus.

Os fradinhos pregadores

Uma vez, eram dois fradinhos que andavam a pregar pelo mundo e anoiteceu-lhes no meio de um monte. Viram reluzir numa, casinha. Foram lá bater para os deixarem passar a noite.

Na casinha moravam uma velhinha e o seu neto. Os frades pediram para lá dormir e ela respondeu que sim, mas que era muito pobrezinha e não tinha onde os deitar.

Eles não se importaram, dizendo que até podiam ficar sentados a um cantinho. Entraram e puseram-se ao lume.

A velha tinha lá uns ovinhos e deu-lhos, para eles não ficarem sem ceia. Mesmo assim, não havia azeite para os fritar. Porém, os fradinhos responderam que eles aqueceriam os ovos no borralho. Depois começaram a cuspir-lhes e só então é que os puseram ao lume.

O neto da velha estava muito admirado e perguntou para que cuspiam nos ovos. Os fradinhos responderam que era para eles não estoirarem. E de pronto o rapaz:

– Se os senhores cuspissem no rabo da minha avó, é que era, pois toda a noite estoira!...

Os três cães

Havia um rei e uma rainha que não tinham filhos, por cujo motivo esta sofria grandes desgostos por parte do marido. Um dia, rezava ela a pedir um filho, quando ouviu uma voz que dizia:

– Hás-de ter um filho que será devorado por uma serpente aos vinte anos!

Foi a rainha contar ao rei o que ouvira e o rei respondeu:

– Paciência!

Nasceu o menino e desde que teve luz de razão acostumou-o a mãe a orar à Virgem todos os dias.

Quando o príncipe chegou aos dezenove anos, notou que o pai e a mãe andavam sempre tristes e em algumas ocasiões a chorar. Tanto inquiriu que chegou a saber de sua mãe a sina que o perseguia. Para evitar desgostos aos seus, pediu licença e foi correr mundo. Chegou quase aos vinte anos a uma vasta campina, onde lhe apareceu uma velhinha.

– Para onde vais, meu menino?

O príncipe contou-lhe a história do seu nascimento.

– Bem sei: é uma fada má que se quer vingar de teu pai! Essa fada, logo que faças vinte anos, há-de perseguir-te cruelmente.

– E não poderei matar essa mulher má?

– Não. Não está isso nas tuas forças. Mais adiante, e em diversos lugares, hás-de encontrar três cães, que te acompanharão sempre. Para onde eles pararem e não faças senão o que eles quiserem. Por maiores tropelias que eles te façam, não te zangues. Serão eles os teus guias.

O príncipe pediu a bênção à velhinha e continuou o seu caminho. Lá adiante viu ele um cão muito gordo, deu-lhe um bocado de pão e pôs-lhe o nome de *Pezão*. Mais adiante encontrou outro muito corredor, deu-lhe um bocado de pão e pôs-lhe o nome de *Ligeiro*. Ainda mais adiante encontrou o terceiro, a que pôs o nome de *Adivinhão*.

Seguido destes três cães, foi o príncipe andando o seu caminho até ao dia bastante triste em que fazia vinte anos.

Entrou numa grande estrada arborizada e lá adiante encontrou uma menina muito formosa sob uma árvore. Esta menina convidou o príncipe a descansar. Imediatamente o *Pezão* foi deitar-se sob outra árvore. O príncipe reclinou a cabeça sobre o colo da menina e adormeceu. Quando acordou, não viu a menina, mas viu o *Adivinhão* e o *Ligeiro* ao seu lado. O *Pezão* conservava-se deitado.

Continuou o príncipe o seu caminho e nessa noite foi ficar a uma estalagem. A estalageira era uma formosa mulher. Tinha na companhia uma filha que o príncipe notou parecer-se muito com a menina que encontrara sob a árvore.

A estalageira, mal viu os três cães, quis que o príncipe os deixasse na rua, mas o príncipe respondeu que os seus cães o acompanhavam sempre e em toda a parte. Nessa noite adormeceu o príncipe com o *Adivinhão* e o *Ligeiro* de cada lado. a *Pezão* foi deitar-se sobre o baú.

No dia seguinte dizia a estalageira para a filha:

– Passei a noite muito incomodada. Estive metida dentro do baú para tragar o príncipe, quando estivesse dormindo, mas o cão maldito é tão pesado que não consegui erguer-me de dentro. Temos aqui três cães que são os meus maiores inimigos.

– E que tempo tem a minha mãe para perseguir o príncipe?

– Apenas nove dias. Passados eles, não mais me posso vingar dele.

– E porque se quer vingar?

– Porque o pai quis casar comigo, enganou-me e foi casar com a minha rival!

Daí a pouco levantou-se o príncipe da cama e a estalageira disse-lhe que o cavalo estava sem beber porque os criados não ousavam de se lhe aproximar.

O príncipe desceu imediatamente acompanhado dos três cães, e logo o *Adivinhão* se aproximou do *Pezão* e este foi postar-se ao canto da cavalariça. O príncipe deu água e feno ao cavalo e subiu para a casa de jantar, seguido dos cães.

A estalageira estava fula. Tentara atacar o príncipe na cavalariça, mas o *Pezão* colocara-se em cima da tampa do alçapão que ela não pudera erguer. Combinou então com a filha envenenar a comida do príncipe e dos cães. Às horas do jantar, quando o príncipe se sentou à mesa, saltaram os cães sobre a mesa e partiram os pratos. As criadas fugiram atemorizadas e o príncipe não sabia explicar o procedimento dos cães. A estalageira pôs-se a ralhar, mas os cães puseram-se ao lado do príncipe, que só comeu o que os cães primeiro provavam. Casualmente entrou o cão de um hóspede, que se pôs a lamber os restos da comida, espalhada pelo pavimento, e morreu logo arrebentado. Então conheceu o príncipe que a comida estava envenenada.

Levantou-se da mesa e entrou no quarto, seguido dos cães. Chamou a filha da estalageira e ameaçou-a.

– Eu não sou culpada – respondeu ela tristemente.

– É sua mãe! Vejo-me obrigado a matá-la.

Ela não morre; é uma fada quase imortal.

– Todos morrem! E não sabe de onde depende a morte de sua mãe?

– Não sei, e que soubesse eu nunca o diria!

– E se eu lhe prometesse casar consigo?

A rapariga ficou calada por alguns momentos e respondeu:

– Não pense que eu estou a sangue-frio vendo os meios de que a minha mãe se serve para o matar. Mas eu nada posso fazer em seu favor. Minha mãe é uma fada muito poderosa e muito má. Não sei se os seus cães ganharão vitória. Eu vou experimentar minha mãe e saber em que consiste o segredo pela sua morte.

A rapariga saiu do quarto do príncipe e foi dizer à mãe que o príncipe a queria matar.

A estalageira riu-se muito e respondeu:

– Não tenhas medo, filha. Ele desconhece que a minha morte está dependente de uma causa misteriosa.

– E eu, minha mãe, não poderei saber qual seja essa causa?

– Podes, sim. A minha morte depende da morte de um bicho que existe em embrião no ovo de uma pomba escondida no armário do meu quarto escuro. Ora, para matar o bicho é necessário que o cortem ao meio de um golpe. Estão a terminar os nove dias do meu poder sobre o príncipe. Esta tarde vou combinar nas próximas brenhas com três fadas terríveis o modo por que deveremos matar o príncipe. Os nossos esforços combinados resistirão vitoriosamente contra os três cães. Adeus, não me posso demorar, vou para as brenhas. Aqui estou à noite.

A estalageira saiu e logo a filha foi contar ao príncipe o que a mãe lhe dissera. Os três cães, como se fossem três pessoas, ouviram atentos as palavras da rapariga. Esta, o príncipe e os cães dirigiram-se ao quarto escuro e mataram a pomba. Dentro desta saiu um ovo que caiu no chão e saltou de dentro um enorme bicho. O *Pezão* carregou sobre o bicho e logo o príncipe o cortou ao meio de um golpe. Ouviu-se um grito longínquo: era a estalageira que morria.

Então os três cães desapareceram num momento.

O príncipe voltou para o palácio, acompanhado da infeliz menina. O palácio estava vestido de luto. À entrada encontrou a velhinha, que se dirigiu para o príncipe e o beijou como beijou a menina. Era a mesma velhinha que ele encontrara e que agora se sorria, desaparecendo num momento. Foi o príncipe abraçado por seus pais, que choravam de alegria. No dia seguinte efetuou-se o casamento do príncipe com a menina. Houve grandes festas.

Para quem canta o cuco?

Dois vizinhos ouviram cantar o cuco e tomaram como agouro que era sinal de infidelidade de esposa. Disse um:

– O cuco cantou mas foi para ti.

– Nada, isso não pode ser. Para ti é que ele cantou.

Pegaram a teimar, e como nenhum cedia resolveram ir consultar um letrado. Chegaram lá, contaram o que se passava e o letrado, depois de folhear uns quantos livros, ordenou:

– Deposite cada um duas moedas antes do mais.

Os vizinhos entregaram o dinheiro, ansiosos de ouvirem a sentença. O letrado meteu o dinheiro no bolso, fingiu um ar triste e suspirou:

– Vão-se embora na paz do Senhor, porque para mim é que cantou o cuco.

Um porco roubado

Numa freguesia costumavam os fregueses, por ocasião da matança dos porcos, mandar ao seu pároco ofertas de carne. Um ano, o pároco criou o seu porco e os fregueses não lhe fizeram as costumadas ofertas.

Sentiu o pároco esta diferença e consultou o sacristão.

– O remédio não é difícil. Ponha o meu compadre o seu porco no quintal por forma que todos vejam. Na madrugada recolha-o em lugar oculto e faça espalhar que lho roubaram. Verá que os seus fregueses, para o consolar, lhe mandam carne em abundância.

Seguiu o pároco o conselho e na noite seguinte, por forma que todos vissem, mandou colocar o porco no quintal. De noite, o sacristão roubou o porco.

No dia seguinte de manhã foi o pároco ter com o sacristão e queixou-se que lhe tinham roubado o porco.

– Assim mesmo, é isso mesmo que o meu compadre tem de dizer.

– Mas, compadre, é isto verdade pura!
– Assim, assim está bem! Diga isso e verá que os seus fregueses lhe mandam a carne!

Queixou-se o padre a toda a gente do furto do seu porco, fazendo cair as suspeitas em certo freguês.

Na quaresma seguinte confessou-se o sacristão ao seu compadre prior e descobriu-lhe que fora ele o ladrão do seu porco. O cura ficou desesperado, pois no púlpito e mais de uma vez tinha feito cair as suspeitas do furto em alguns dos seus fregueses. Por isso o cura impôs como penitência ao sacristão subir este, no domingo seguinte, ao púlpito e fazer confissão de que fora ele o ladrão.

– Talvez eles me não acreditem – respondeu o sacristão.

– Não tenhas dúvida: acreditam nas tuas palavras.

No domingo seguinte, quando todos os fregueses estavam na igreja, subiu o pároco ao altar e disse:

– Meus fregueses, vai subir ao púlpito o meu compadre sacristão e tudo quanto ele disser acreditem. É verdade, mais do que verdade!

Todos os fregueses prestaram a maior atenção, quando o pobre sacristão subiu ao púlpito. Homens e mulheres, velhos e crianças, não retiravam os olhos do orador.

O sacristão olhou lá do púlpito para todos e disse:

– Meus irmãos, vão para casa e examinem os vossos filhos, pois que todos aqueles que tiverem o cabelo louro são filhos do meu compadre prior!

Nesse mesmo dia houve pancadaria em quase todas as casas. Bem, o sacristão também se safou da freguesia...

Coleção Contos Mágicos

Seleções de contos tradicionais de antigas civilizações que espelham a diversidade do homem e do mundo.

AS MAÇAS DOURADAS DO LAGO ERNE
E OUTROS CONTOS CELTAS
Vilma Maria

Seleção de narrativas populares celtas de natureza mágica. As aventuras de guerreiros, cavaleiros, deuses e seres encantados desvendam o universo imaginário de uma civilização distantes de nós no tempo e no espaço – a antiga Irlanda, a partir do ano 600 a.C.

O CORTADOR DE BAMBU
E OUTROS CONTOS JAPONESES
Sonia Salerno Forjaz

Encabeçado pelo famoso conto japonês **"O velho cortador de bambu"**, que integra a destacada lista dos 1001 livros para ler antes de morrer, são transmitidos aspectos sutis da milenar cultura japonesa, enquanto acompanhamos o destino pessoal dos personagens em cenários extraordinários.

O PRÍNCIPE TEIÚ
E OUTROS CONTOS BRASILEIROS
Marco Haurélio

A mistura de elementos encontrada nos contos de encantamento evidencia o quanto nossa tradição oral mantem vivos ensinamentos, crenças e mitos. Os contos populares brasileiros adaptam antigas tradições às características locais: ambiente, costumes e cultura de cada região.

O SILÊNCIO DOS MACACOS
E OUTROS CONTOS AFRICANOS
Fernando Alves

Os contos apresentados neste livro revelam aspectos particulares de diferentes grupos étnicos –, suas relações com o meio, crenças, ritos e linguagens –, transmitindo parte dessa cultura que tanto tem a ver com a nossa própria história.

Outros títulos da coleção:

A FILHA DO REI DRAGÃO E OUTROS CONTOS CHINESES
Sonia Salerno Forjaz

O FALCÃO BRILHANTE E OUTROS CONTOS RUSSOS
Sonia Salerno Forjaz

O NAVIO FANTASMA E OUTROS CONTOS VIKINGS
Fernando Alves

A PRINCESA QUE ENGANOU A MORTE E OUTROS CONTOS INDIANOS
Sonia Salerno Forjaz

Impresso por:

Graphium
Gráfica e editora

Tel: (11) 2769-9056